Annemarie Jost: Traumgang

Annemarie Jost, 1959 in Duisburg geboren, ist Ärztin für Psychiatrie und Psychotherapie und arbeitet seit 1994 als Professorin für Sozialmedizin an der Fachhochschule Lausitz in Cottbus. „Traumgang" ist ihre erste veröffentlichte Erzählung.

Annemarie Jost

Traumgang

Eine Erzählung

Bibliografische Information der Deutschen
Bibliothek: Die Deutsche Bibliothek verzeichnet
diese Publikation in der Deutschen
Nationalbibliografie; detaillierte bibliografische
Daten sind im Internet über http://dnb.ddb.de
abrufbar.

Annemarie Jost: Traumgang
ISBN: 3-8334-0805-7
Alle Rechte liegen bei der Autorin
Copyright: A. Jost; Cottbus 2004
Herstellung und Verlag: Books on Demand GmbH,
Norderstedt
Umschlagbild: Oda Baldauf-Himmelmann

„Einst träumte Zhuang Zhou, er sei ein Schmetterling - ein Schmetterling, der glücklich und fröhlich umher flatterte. Er wusste nicht, dass er Zhuang Zhou war. Plötzlich erwachte er und war ganz handgreiflich Zhou. Er wusste nicht, ob er Zhou war, der geträumt hatte, ein Schmetterling zu sein, oder ein Schmetterling, der gerade träumte, Zhou zu sein. "

Zhuangzi

Inhalt:

Die junge Ärztin

Im Käfig der Zeit
liegen die Scherben
des Himmels.

Der Vogel träumt
ungeduldig
vom Höhenflug.

Ich ging nach einer etwas gehetzten Mittagspause
aus der Cafeteria durch einen der fensterlosen
Flure zurück zur psychiatrischen Aufnahmestation.
Nur eine Faser Rindfleisch zwischen den Zähnen
erinnerte noch an das hastig gekaute, etwas fade
Kantinenessen zwischen mehr oder weniger
unterhaltsamen Kollegengesprächen, an denen ich
mich kaum beteiligt hatte. Es fiel mir oft schwer,
am Mittagstisch von der Arbeit Abstand zu
nehmen und mich an den ein wenig übertrieben
entspannt heiteren Gesprächen zu beteiligen, bei
denen sich einige Kollegen immer gekonnt in den
Mittelpunkt setzten. Ich fühlte mich von diesen
Kollegen zugleich angezogen und abgestoßen.

Die Neonröhren strahlten im Klinikflur Tag und
Nacht das gleiche künstliche weißlich grelle Licht
aus, und der bräunliche Teppichboden dämpfte die
Schritte. Mit dem Reflexhammer, dem Stethoskop,
dem Terminkalender und allerlei Kleinutensilien in

der Tasche wirkte der weiße Kittel schwer und schien irgendwie meine Schultern nach unten zu ziehen. Ich atmete tief durch und richtete mich beim Gehen aktiv auf, um nicht zu sehr in eine gebeugte Haltung zu verfallen. Da ich war am Vormittag bei fast allem, was ich begonnen hatte, unterbrochen worden war, fühlte ich mich auch nach dem Mittagessen noch angestrengt. Unmerklich drückte ich die Zunge gegen den Gaumen und atmete wieder flacher. Mein Gesicht nahm bestimmt wieder diesen angespannten Zug an, der mich auf Fotos manchmal erschrak. Ich schloss die Stationstür auf und hinter mir wieder zu. Die Macht, mit meinem Generalschlüssel anderen Menschen den Ausgang von der Station zu verwehren, mutete noch immer ziemlich merkwürdig an. Ich kontrollierte noch einmal, ob ich den Schlüssel auch wieder richtig in die Hosentasche gesteckt hatte.

Manchmal hatte ich den Eindruck, dass ich eigentlich nur Ärztin spielte; es kam mir komisch vor, von Patientinnen, die vom Alter her meine Mutter sein könnten, mit "Frau Doktor" angeredet und in existenziellen Fragen mit Hilfe suchenden Blicken um Rat gebeten zu werden.
An diesem Vormittag waren – wie ich den Aufnahmeunterlagen entnahm - eine Patientin und ein Patient neu auf die Station gekommen. Sie waren wie fast alle von ihren sich zugleich schuldig und erleichert fühlenden Angehörigen in die Klinik gebracht worden; die meisten Patienten kommen insbesondere beim ersten Mal nicht aus

freien Stücken in die Psychiatrie, sondern beugen sich einem immer deutlicher werdenden Druck ihrer Umgebung, dem sie in ihrer Verzweiflung immer weniger entgegenzusetzen haben.

Im Medizinstudium hatte man mir beigebracht, in einem ärztlichen Aufnahmegespräch unglaublich viele Fragen zu stellen. Und so fragte ich als junge Ärztin die gerade eingewiesenen Patienten nach so vielen Bereichen ihrer Lebensgeschichte, dass wir innerhalb von einer Stunde von frühen Kindheitserlebnissen über die Ängste und Schmerzen einer Herzoperation, die Streitigkeiten mit Arbeitskollegen und die Auseinandersetzungen mit dem Ehepartner bis hin zu einem quälenden Gefühl der Sinnlosigkeit des Lebens kamen. Ich versuchte, nach einem solchen Gespräch alles Wesentliche nieder zu schreiben und suchte dann die Patienten in ihren Krankenzimmern auf. Ich bat sie, sich weitgehend zu entkleiden, was bei einigen älteren Menschen eine recht umständliche Angelegenheit sein konnte, und begann, Lungen und Herz mit meinem Stethoskop aus Studentenzeiten abzuhören und weiße schwabbelige oder braungebrannte straffe Bäuche abzutasten. Anschließend klopfte ich mit dem Reflexhammer auf den Armen und Beinen herum und forderte die Patienten zu einigen merkwürdig anmutenden Übungen auf: „Blasen sie bitte einmal die Wangen auf!", oder: „Stellen Sie sich hin, strecken bitte die Arme vor und schließen Sie nun die Augen!" Nachdem ich alles in ein vierseitiges Formular eingetragen hatte und dem

Patienten meine wesentlichen Befunde und die anvisierte Behandlung erläutert hatte, musste er mir in der Regel noch in einen mit allerlei medizinischem Gerät voll gestellten Raum folgen, wo ich ihn mit einer Nadel in die Ellenbeuge stach, um röhrchenweise Blut abzunehmen. Ältere Patienten maßen meine ärztlichen Fähigkeiten nicht selten daran, wie gut ich beim Blutabnehmen ihre Venen traf. Ihr abschätzender Blick schien ihnen dabei für einen Moment das Gefühl von Überlegenheit zu geben und machte mich fast immer ein wenig nervös.

Nach all diesen Verrichtungen kam ich – häufig ein wenig erschöpft - zu einer Verdachtsdiagnose, die ich mit den Krankenschwestern besprach, und die einen vorläufigen Behandlungsplan und meist auch die Gabe von Medikamenten zur Folge hatte. Diese Aufnahmeprozeduren waren wie ein Stangenkorsett, das mich immer wieder einzuschnüren drohte, aber zugleich Sicherheit und Klarheit vermittelte und vor allen Dingen in der Regel zu einer ersten Diagnose führte.

Diagnosen geben im Krankenhaus den Beteiligten das Gefühl, Bescheid zu wissen und sinnvoll handeln zu können und sich nicht in den Betroffenheit auslösenden Einzelschicksalen und den widersprüchlichen Gefühlsverwicklungen zu verlieren. Bei mir hinterließen die ersten Begegnungen mit den Patienten jedoch oft auch den faden Nachgeschmack einer Tätigkeit, bei der man alles richtig gemacht hat und dennoch das Wesentliche verfehlt haben könnte. Die Patienten fühlten sich sicherlich oft überflutet; mein

Studium, der weiße Kittel und die psychiatrische Klinik verliehen mir eine Angst einflößende Macht, in deren Schatten ich mich ein wenig unbeholfen bewegte.

Eigentlich ist es im Nachhinein erstaunlich, dass ich im weiteren Behandlungsverlauf mit vielen Patienten sehr intensive persönliche Gespräche führte. Einige zogen sich jedoch ziemlich schnell zurück und sprachen nur das Nötigste, andere äußerten sich verworren und schwer verständlich. Manche vertrauten sich sehr schnell der ärztlichen Autorität und den Krankenhausgepflogenheiten an, andere stellten das Aufnahmeritual und die psychiatrische Behandlung von Anfang an in Frage.

Eine der Neuen am heutigen Tage war eine junge, sensibel wirkende Studentin, die von ihren besorgten Eltern gedrängt worden war, sich in unsere Klinik zu begeben. Sie schien mit ihren etwas scheu umherschweifenden Blicken rasch zu erfassen, was andere, bevor sie noch zu sprechen ansetzten, zum Ausdruck bringen wollten. Menschen mit dieser ein wenig zerbrechlich wirkenden Sensibilität haben mich schon immer stark angezogen; ich spüre dann einen warmen Impuls, sie zu beschützen, aber zugleich in einem nur mühsam versteckten Winkel meines Inneren auch ungern zugegebenen Neid, besonders dann, wenn ich sehe, wie anmutig sie auf andere wirken.

Die Eltern der jungen Frau glaubten fest daran, dass sie unter dem Einfluss schlechter Freunde

Drogen genommen habe und jetzt völlig durcheinander sei. Sie hatten mich bereits mehrfach Hilfe suchend angerufen. Sie hieß Betty Schulz und sagte, ihr sei vor einiger Zeit deutlich geworden, dass sich ihr eigentliches Leben nachts im Traum abspiele. Die Tagesereignisse seien unbedeutend, ihr Wirtschaftsinformatik-Studium langweile sie, sie ginge auch nur noch unregelmäßig zu den Lehrveranstaltungen. Wichtig sei, dass sie sich gut ernähre, sich gesund halte, ihre Umwelt intensiv sinnlich wahrnehme und genug schlafe. Eigentlich bezweifle sie, dass der Entschluss, in die Klinik zu kommen, richtig sei, aber sie sei bereit, eine Nacht hier zu schlafen, um herauszufinden, wovon sie hier träume. Mehr gäbe es eigentlich jetzt nicht zu sagen, vielleicht würde sie morgen mit mir über ihre Träume sprechen, jetzt müsse sie erst einmal die vielen Eindrücke auf sich wirken lassen, die Gerüche, die Klänge der Stimmen, die Gesichtsausdrücke, sie wolle nicht alles zerreden, das schade ihren Träumen. Ihre Stimme klang zart, aber sie stand entschlossen auf und verließ mein Zimmer.

„Sie sehen müde aus, Frau Doktor", sagte sie im Herausgehen noch zu mir. „Haben Sie genug Zeit zum Träumen?"

Ich lächelte ein wenig verlegen und antwortete nicht, während mir so etwas wie ein innerer Schwertstoß in den Kopf schoss, den ich rasch und geschäftig wieder zu unterdrücken versuchte. Später, bei der Blutabnahme im Untersuchungsraum, fragte sie mich, nach welchen Drogen wir denn nun suchen würden, und ich fragte zurück, welche sie denn genommen habe. „Keine", war ihre Antwort. Ich sagte ihr, dass die Blutabnahme nicht der Drogensuche diene.

Ich grübelte eine Weile, welche Diagnose ich nun auf die Aufnahmebögen schreiben sollte, und entschied mich, diesen Bereich noch offen zu lassen. Irgendwie mochte ich Betty und dachte auch abends weiter an unsere Begegnung. In der letzten Zeit hatte ich wenig geträumt oder meine Träume immer sofort wieder vergessen, aber in dieser Nacht träumte ich von Betty. Es war ein langer Traum, von dem ich nur Bruchstücke erinnerte:

„Mein Chef wollte zusammen mit meiner Mutter einen Behandlungsplan für Betty aufstellen. Sie diskutierten darüber, ob man Betty Spritzen geben müsste. Meine Mutter sagte immer wieder: „Betty muss wieder normal werden". Plötzlich war ich zu Hause in der Wohnung mit dem blauen Kinderzimmerfußboden, die wir vor meinem 10. Lebensjahr bewohnt hatten. Meine Mutter wirkte enttäuscht, weil ich nicht das Richtige eingekauft hatte, die Milch war nicht lange genug haltbar und ich hatte die Nudeln vergessen. Ich fühlte mich klein und dumm. Es schellte, ein junger Mann mit glänzenden langen blonden Haaren stand vor der Tür und wollte mich abholen. Ich hatte den Eindruck, dass er mit mir schlafen wollte."

Ich hätte den Traum gerne aufgeschrieben und länger darüber nachgedacht, aber es war schon spät, und ich musste zur Arbeit. „Vielleicht kann ich es ja heute Abend nachholen", dachte ich, machte mir mein Müsli-Frühstück und verließ zu

Fuß die Wohnung. Der Weg zur Klinik war kurz und führte an eingezäunten, sorgfältig gepflegten Gärten und wilden Wiesen vorbei. Früher als Kind hatte ich oft in einer solchen wilden Wiese gespielt, ich war Harka, der Indianerjunge, von dem mir mein älterer Vetter so viel erzählt hatte. Meine Freundinnen waren immer Indianermädchen. An diesem Morgen roch die Luft nach feuchtem Gras, und die Tautropfen auf der Wiese spiegelten sich schillernd im ersten Sonnenlicht. Ein einzelner weißer Schmetterling flatterte anmutig auf eine gelbe Blüte zu. Mir gingen noch einige Traumfetzen durch den Kopf, besonders das Gefühl, klein und dumm zu sein, wollte mich nicht verlassen.

An der Stationstür kamen mir zwei Patienten entgegen: „Frau Doktor, ich bin so unruhig, ich habe die ganze Nacht nicht geschlafen", sagte der eine, und der andere fragte nach seinem Blut: „Ich glaube im Labor machen die aus meinem Blut biologische Kampfstoffe, die wollen den Bundeskanzler vergiften, und dann wird sich herausstellen, dass es mein Blut war; dann kommt der Geheimdienst und nimmt mich mit."
„Haben Sie Angst?" fragte ich ihn, er nickte, und ich fuhr fort: „Hier auf der Station möchten wir Sie schützen und nicht gegen Sie vorgehen. Ich möchte Ihnen helfen. Wir können nachher ausführlicher darüber sprechen, aber jetzt möchte ich erst mal ankommen, meinen Mantel ablegen und mich mit den Schwestern besprechen." Auch den schlaflosen Patienten vertröstete ich. Die Schwestern sagten

mir, dass Betty nicht in der Klinik bleiben wolle und nach mir gefragt habe.

Um halb neun trafen sich Mitarbeiter und Patienten wie immer zur Morgenrunde. Betty und der andere Neue von gestern sollten sich den anderen kurz vorstellen. Betty ließ dem anderen den Vortritt und sagte dann leise, aber doch gut hörbar: „Ich bin Betty, ich habe heute Nacht geträumt, dass ich weglaufen wollte, aber nicht vorwärts kam; meine Eltern hatten mir die Schuhe weggenommen und meine Beine konnte ich nur schwer bewegen, sie waren schwer, die Füße klebten am Boden fest. Es kostete solche Mühe, sie bei jedem Schritt loszureißen. Ich möchte entlassen werden."

„Seit ich Medikamente bekomme, kann ich mich auch nicht richtig bewegen, meine Arme und Beine sind steif, ich fühle mich wie ein alter Mann. Manchmal läuft mir sogar der Speichel aus dem Mund, das sieht bestimmt richtig eklig aus, ich schäme mich, nach draußen zu gehen", antwortete ein Mitpatient, „ich will die Medikamente nicht mehr nehmen."

„Und ich brauche mehr Schlafmittel, ich will endlich wieder schlafen", sagte der unruhige Mann, der mich schon an der Tür abgefangen hatte. Die Stationsschwester verwies auf die Visite, dort sollten die einzelnen Fragen zu den Medikamenten besprochen werden.

„Immer wird man vertröstet", beschwerte sich der unruhige Patient, und er hatte Recht.

In der Morgenrunde wurde noch über den anstehenden Nachmittagsausflug gesprochen.

Später am Vormittag fand ich Zeit, mit Betty zu sprechen.

„Meine Eltern haben mir die Schuhe weggenommen, aber ich brauche sie, um mich frei fortbewegen zu können, hier im Krankenhaus bin ich eingesperrt, ich will entlassen werden."

„Fühlen Sie sich auch sonst von Ihren Eltern eingeengt?", fragte ich.

„Ja", sagte sie, "ich möchte ausziehen, aber ich habe nicht genug Geld, meine Eltern wollen mir erst dann das Geld für ein eigenes Zimmer geben, wenn ich alle Klausuren vom Vordiplom geschafft habe. Ich gehe aber kaum noch zu den Vorlesungen. Wenn ich programmiere, sitze ich lange am Computer, dann brauche ich noch Zeit für einen Abendspaziergang oder ein Bad mit Duftölen, sonst träume ich nur von Computerprogrammen, und wenn ich dann ausschlafe und meine Träume male oder aufschreibe, dann habe ich schon manche Morgenvorlesungen verpasst. Einen Professor finde ich total Spitze, seine Stimme klingt so wunderbar voll und weich, ich träume manchmal, dass er mich in seine Arme nimmt und mir etwas vorsingt, es ist ein unglaubliches Gefühl von Zärtlichkeit und Geborgenheit, seine Vorlesungen habe ich noch nie verpasst, aber ich kann mich schlecht auf das, was er sagt, konzentrieren."

Als ich „interessiert Sie denn etwas von Ihren Studieninhalten?", fragte, fand ich mich übertrieben sachlich; ich spürte einen Moment meine eigenen abgewehrten Sehnsüchte nach Nähe und Zärtlichkeit wie eine hässliche schwarze Bleikugel an meinen Worten lasten. Mein Freund und ich hatten uns gerade getrennt, ich fühlte mich ziemlich gekränkt und mochte nicht auf ihn zugehen, obwohl ich ihn sehr vermisste.

„Das Programmieren ist manchmal fesselnd, aber hinterher bin ich angespannt, und manchmal habe ich auch Kopfschmerzen danach. Das Seminar über internationale Handelsbeziehungen und Globalisierung hat mich sehr bewegt; ich habe ein Referat über die Bananenplantagen in Mittelamerika gehalten und gelesen, dass Frauen, die in der Schwangerschaft mit den Unkrautvernichtungsmitteln auf den Plantagen gearbeitet haben, geschädigte Kinder zur Welt gebracht haben. Ich habe dann viele Nächte von den Kindern geträumt, manche hatten keine Arme und andere keine Münder. Nach dem Aufwachen wurde ich die Bilder kaum los, es war entsetzlich, und ich mag nun keine Bananen mehr essen."

„Das kann ich gut verstehen", sagte ich. Ich war von Bettys Art, die Dinge zu hinterfragen, beeindruckt. Leider gab es auf der Station noch viel zu erledigen, und ich konnte das Gespräch nicht weiter vertiefen. Es war ja noch zu klären, ob Betty weiterhin entlassen werden wollte.

Sie antwortete: „Ich habe heute Nacht auch von Spritzen geträumt. Ich war in diesem Zimmer mit all den Ständern und Spritzen, Sie haben mir in den Arm gestochen, und mein Blut tropfte in einen Eimer. Einer der Patienten kam herein, grinste und nahm den Eimer. Ich bekam Angst und rief ihm nach: „Da sind keine Drogen drin!" Der Mann hörte mich nicht. Später stand der Eimer im

Raucherzimmer. Eine Frau ohne Zähne schmiss eine Zigarettenkippe hinein. Ich fühle mich unwohl auf dieser Station, ich möchte heute noch nach Hause."

Ich sah keinen Grund, sie zum Bleiben zu zwingen. Ich bot ihr an, einmal die Woche zu psychotherapeutischen Gesprächen zu kommen. Sie wolle mich anrufen, sagte sie und packte glücklich ihre Sachen.

Später rief mich erbost ihr Vater an und kündigte an, sich bei meinem Chef über mich zu beschweren, es habe so viel Mühe gekostet, Betty zu überreden, in die Klinik zu gehen, und jetzt sei sie schon wieder zu Hause und rede davon, dass er ihre Schuhe weggenommen habe, um sie an ihrer freien Entwicklung zu hindern.

Prompt bat mich mein Chef am nächsten Tag zu sich und fragte mich, ob ich bei Betty nicht möglicherweise eine beginnende ernste Erkrankung - vielleicht sogar eine Schizophrenie - übersehen hätte. Ich sagte, ich könne das natürlich nicht ganz ausschließen, aber es hätte keine Handhabe gegeben, sie gegen ihren Willen zum Bleiben zu zwingen. Er bat mich, ihn in Zukunft bei derartigen Entlassungsentscheidungen einzuschalten. Ich spürte das Verlangen, mich zu rechtfertigen, aber er hatte wenig Zeit, und unser Gespräch war bald zu Ende. Ich war irgendwie verärgert. „Worum geht es eigentlich in der Psychiatrie?", dachte ich: „Ist jeder gleich krank, der andere Werte vertritt und sich nicht an alles anpassen will; und gibt es keine Zeit, über solche

Zweifel mit dem Chef zu sprechen? Soll ich selbst hier in diesem Laden immer nur schnell, schnell funktionieren?" Ich fühlte mich Betty näher als ihrem Vater und meinem Chef.

Drei Wochen später rief sie mich an: „Ich ziehe von zu Hause aus, ich kann vorübergehend bei einem Kumpel wohnen, er hat für drei Monate ein Zimmer frei, weil sein Mitbewohner ein Praktikum in Frankreich macht. Er heißt Fred und studiert im sechsten Semester Philosophie. Mit meinen Eltern gibt es nur Stress. Ich bin zu zwei Klausuren nicht angetreten. Ich möchte mit Ihnen reden."
Am übernächsten Tag kam sie.
„Im Traum wollte ich meine Sachen packen",
begann sie, „es waren so viele Sachen,... eine
Puppe, die ich schon als Kind nicht gemocht habe,
sie hatte echte Haare und war sehr teuer gewesen,
aber ich mochte ihr Gesicht nicht,... Bücher,
abgegriffene alte, angenehm muffig riechende
Bücher, ... Anziehsachen, die mir schon lange zu
klein sind, ein Pullover mit weißem Angorakragen,
den meine Oma gestrickt hat ... Die Kisten mit den
Sachen wurden immer schwerer, ich konnte sie gar
nicht mehr tragen, dann brachen sie auseinander,
ich sah alles verstreut auf dem Boden liegen. Ich
saß wie ein kleines Kind da vor einem riesigen Berg
verschütteter Sachen und weinte, ich fühlte mich
plötzlich so verlassen." Ihr standen die Tränen in
den Augen.
„Fühlen Sie sich von den Eltern verlassen?", fragte
ich.
„Keiner versteht mich", sagte sie, „meine Eltern

denken immer noch, dass ich Drogen nehme, sie halten auch nichts davon, dass ich zu Ihnen komme. Sie denken, Sie seien zu unerfahren."

„Und was denken Sie?", fragte ich und versuchte, mich nicht gekränkt zu fühlen.

„Ich bin Ihnen dankbar, dass Sie mich nicht gedrängt haben, in der Klinik zu bleiben. Aber ich weiß auch nicht, ob Sie mich wirklich verstehen. Halten Sie mich für krank?"

„Es fällt mir schwer, eine Diagnose zu stellen", antwortete ich wahrheitsgemäß und fühlte mich zugleich unsicher.

„Meine Träume werden mir immer wichtiger", sagte sie und holte ein Bild aus der Tasche. Ein kleines Mädchen flog mit großen braunen Flügeln über eine Stadt. Unten zerfielen manche Häuser, es gab Ruinen, aber auch einen idyllischen, bayrisch anmutenden Kirchplatz. Das Mädchen mit blonden Zöpfen flog auf die Sonnenseite des Himmels zu. „Das bin ich", sagte sie, „ich bin noch so jung und verletzlich, die Flügel wirken groß und stark, aber es ist gar nicht so leicht, wie es aussieht, sie zu bewegen. Man braucht sehr viel Kraft in den Armen, und die Bewegung der Flügel ist irgendwie zäh und träge. Ich fliege nicht so, wie ich es mir wünschen würde. Vielleicht haben sich in den Ruinen unter mir Heckenschützen versteckt, die mich abschießen wollen. Ich bin aufgewacht, wahrscheinlich weil ich Angst hatte, und ich habe drei Nächte gebraucht, bis ich wieder geflogen bin. In der Luft fiel mir noch ein, dass ich meine Sachen noch mitnehmen muss. Ich lief durch ein Labyrinth mit weißen Mauern. Ich habe mich immer wieder verlaufen. Plötzlich lag vor mir ein Steinhaufen, ich versuchte darüber zu klettern, rutschte aber immer weg. Ein kleiner, dunkelhäutiger Junge lachte über mich. Ich war wütend und wollte ihn bespucken, aber der Wind blies die Spucke in mein Gesicht. Mein Kumpel reichte mir die Hand, aber er hatte eine kalte Metallhand. Sie fiel ab. Ich erschrak. Ich stand verwirrt in dem Steinhaufen. Dann habe ich von den Umzugskisten geträumt. Ich möchte wieder fliegen, und ich möchte, dass es so schön ist, wie früher als Kind. Damals war es manchmal ganz leicht und ich bin ganz weit geflogen. Fliegen Sie auch manchmal in Ihren Träumen?"

„Ja, ich kann mich auch an Träume erinnern, in denen ich geflogen bin, aber das war auch als Kind", antwortete ich. Ich ärgerte mich ein wenig, dass meine Antwort so alt und abgeklärt klang.

„Sehen Sie, als Kinder konnten wir noch fliegen, aber wer hat sich schon groß dafür interessiert? Meine Mutter hat sich manchmal lächelnd meine Träume angehört; wenn ich nach einem Traum weinte, hat sie gesagt: Das war doch nur ein Traum und jetzt ist er vorbei, nun ist alles gut. Aber was war denn so gut? Meine Mutter ist nicht besonders glücklich, ihr Leben droht in Konventionen zu versanden, sie hat schon lange verlernt, zu fliegen. Ich wünschte, sie hätte mich als Kind auf großen Flügeln hoch hinaus in Fantasiewelten getragen, aber bei uns zu Hause hat trotz des ganzen Geldes ein Stück Lebensfreude und geistige Freiheit gefehlt. Ich wünschte, ich könnte meine Mutter mehr lieben."

Beim Zuhören spürte ich Bettys Sehnsucht nur zu

gut, empfand aber plötzlich ein starkes Mitgefühl
für Bettys Mutter, sah eine Frau, die sie sich in
ihrem Bemühen um die Familie selbst verleugnete,
und hatte zugleich meine eigene Mutter vor Augen.
Dumpf kreisten in meinem Kopf die Vorwürfe der
Tochter, die sich zu befreien sucht, und die
Schuldgefühle beim Anblick der Mutter. Wer ist
schon von seiner Mutter auf großen Schwingen
hoch hinaus getragen worden? Bin ich nicht noch
viel mehr als Betty mit gestutzten Flügeln in die
Welt entlassen worden? Wie sollte ich Betty nun
gerade helfen, das, was sie suchte, zu finden?
Sollte ich ihr noch mehr in ihre Träume folgen?
Oder muss sie wie alle lernen, ihre Ideale zu
relativieren? Bei dem Wort „muss" höre ich oft
meine Mutter reden.

...Der Traum vom Fliegen...Ich löste mich wieder
von der Stimme meiner Mutter und dachte an den
„kleinen Prinzen" und den „Nachtflug" und sagte:
„Wir verlernen in dieser Welt so schnell, vom
Fliegen zu träumen."
„Ja", sagte sie, „nehmen Sie das einfach so hin?"
„Ich weiß nicht", antwortete ich „vielleicht
versuche ich, das Beste aus den Umständen zu
machen."
„Aber Sie wirken gestresst", entgegnete sie. „Wie
kann man da in den Träumen hoch hinaus fliegen?"
„Sie machen mich nachdenklich", sagte ich nach
einer Weile. „Führt Ihr Weg in die Träume denn
wirklich weiter oder ist er eine Flucht?"
„Meine Eltern sagen, ich fliehe vor dem
Erwachsenwerden, aber ich möchte mich aus ihrem

Zugriff befreien und dann meine Träume erleben. Vielleicht träume ich dann neu. Morgen ziehe ich aus." Sie wirkte plötzlich sehr entschlossen und überzeugend.

Ich war bewegt von unserem Gespräch, kehrte zur Station zurück. Dort war ein Patient nach einem Selbstmordversuch wieder aufgenommen worden. „Ich schaffe es nicht, Frau Doktor", sagte er zu mir. Ich sah ihn bewegt an, wie er gebeugt in seinem Rollstuhl vor mir saß und antwortete: "Ich weiß, dass es verdammt schwer ist." Er schluchzte laut. Er hatte sich vor zehn Jahren als Student von einem hohen Gebäude gestürzt. Damals hatte er immer wieder Stimmen gehört, die ihn aufforderten, es zu tun. Er glaubte damals, dass die Mafia hinter ihm her sei und ihn qualvoll zu Tode prügeln wolle. Seit seinem Sturz saß er querschnittsgelähmt im Rollstuhl, hatte von den langen Krankenhausaufenthalten immer noch offene Liegegeschwüre und litt unter extremen Stimmungsschwankungen mit lauten Wutausbrüchen, so dass er mit vielen Menschen aneinander geriet. Seine Aussprache war seit seinem Sturz undeutlich und manchmal nur mit Mühe verständlich. Ich kannte ihn seit zwei Jahren und war sehr beeindruckt von seiner Energie, trotz allem ein selbstbestimmtes Leben außerhalb von Kliniken zu führen. Er war nach dreijährigem Aufenthalt in unserer Klinik vor zwei Monaten in eine kleine Wohngruppe für psychisch Kranke entlassen worden. Nun saß er wieder vor mir. Wir sprachen über seine Schwierigkeiten in der

Wohngruppe, er lag im Streit mit zwei Mitbewohnern, fand einen der Betreuer bevormundend und hatte sich in die Krankenschwester, die seine Wunden versorgte, verliebt. Aber sie würde seine Gefühle wohl nie beantworten. Er wisse nicht mehr weiter.

Nach der Arbeit konnte ich nicht abschalten. Die Luft stand warm und drückend über der Stadt, ich wechselte die verschwitzten Klinikkleider und machte einen langen Spaziergang allein im Wald. Nachts saß im Traum mein Freund im Rollstuhl, ich umarmte ihn, spürte für einen Moment eine große Zärtlichkeit, wir lächelten uns an, aber der Rollstuhl begann plötzlich, einen Abhang hinunter zu rollen, ich wollte hinterher, kam aber nicht von der Stelle. Meine Füße waren wie Blei. Ich fühlte mich hilflos, sogar irgendwie schuldig, weil ich nicht helfen konnte. Der Rollstuhl fiel um, und mein Freund lag am Boden. Er hatte sich nicht verletzt, setzte sich hin und klopfte den Sand von seiner Hose. Als ich aufwachte, stellte ich mir vor, dass es schön gewesen wäre, wenn ich im Traum geflogen wäre. Ich spürte eine unglaubliche Sehnsucht, mich frei und ungezwungen in die Lüfte zu erheben und nicht wie angewurzelt am Boden zu kleben.

In der nächsten Woche kam Betty erneut. Sie strahlte und wirkte so unbeschwert.
„Ich merke, dass meine Traumsprache viel reicher wird. Ich hatte Ihnen erzählt, dass ich vom Weglaufen und Packen geträumt habe, und ich

wollte unbedingt fliegen; jetzt scheinen meine Träume auf den ersten Blick manchmal banaler, aber wenn ich morgens darüber nachdenke oder mit Fred darüber rede, finde ich immer mehr in den Träumen. Es ist ein solcher Reichtum, und meine Träume entfalten eine ungeheuere Kraft in mir, so als kämen sie aus tiefster Seele oder manchmal sogar aus mythischen Urzeiten der ganzen Menschheit. Ich fühle mich so lebendig wie noch nie. Fred träumt jetzt auch, und wir sitzen morgens lange beim Frühstück. Es ist total gemütlich. Wir lesen gerade beide eine spannende Traumdeutung von Fritz Perls: Man soll sich vorstellen, man wäre die Ratte oder die Freundin oder das Haus, wenn man von einer Ratte, einer Freundin oder von einem Haus träumt. Er schreibt, dass alles, wovon ich träume, Anteile von mir selbst sind. Vielleicht sollte man das mal verfilmen, meinte Fred neulich: Zuerst wird ein interessanter Traum gefilmt, und dann schlüpft die Kamera in die verschiedenen Figuren und folgt den Gedanken und Gefühlen dieser Figuren, das wäre doch Spitze, finden Sie nicht?

Heute Nacht habe ich geträumt, dass ich mit drei Leuten im Zug saß; wir hatten eine Übungsaufgabe zu lösen. Ein Professor saß im Abteil und brachte uns Saft; wir sollten herausfinden, woraus der Saft besteht. Eine graue Ratte lief durch den Zug, sie kletterte auf meinen Sitz und blickte mir direkt in die Augen, ich sprang erschrocken auf und verschüttete den ganzen Saft. Der Professor sagte, ich hätte die Aufgabe schon gelöst, ich brauche mir keine Sorgen zu machen. Die Ratte schleckte den Saft. Ich sah ihre rotgraue Zunge. Eine Mitstudentin wollte unbedingt eine Eins bekommen. Der Professor sagte, wir bekämen alle eine Eins. Sie wirkte irgendwie enttäuscht und eifersüchtig. Der Professor lächelte mich an, er wirkte beinahe verliebt."

„Verstehen Sie Ihren Traum?", fragte ich.

„Mir ist so viel dazu eingefallen", antwortete sie begeistert: „Wir hatten eine Studentin im Seminar, eine arrogante Ziege, die immer alles wusste, sie versuchte manchmal mit dem netten Professor zu flirten. Ich habe mir dann vorgestellt, dass er mich viel sympathischer findet, obwohl ich nie so gut wie sie vorbereitet war. In meinem Traum haben alle eine Eins bekommen. Sie war die Ratte, denn sie missgönnt mir die Eins. Der Professor im Traum hatte Ähnlichkeit mit Fred; ich glaube, ich beginne, mich in Fred zu verlieben, aber er hat eine Freundin. Ich schmeiße im Traum den Saft um, ich fühle mich manchmal so ungeschickt in Freds Gegenwart , aber irgendwie war das im Traum schon in Ordnung, denn ich glaube, Fred mag mich auch, aber vielleicht will er uns beide, ich weiß nicht, was ich davon halten soll. Seine Freundin fand es erst o.k., dass ich bei ihm wohne, aber jetzt wird sie ziemlich eifersüchtig.

Fred hatte einen Traum, der von mir handelte, aber seine Freundin kam auch darin vor, er streichelte eine Katze und ein kleines Mädchen spritzte mit einer Wasserpistole, das Fell wurde nass und fühlte sich ganz komisch an. Er hat es nicht gesagt, aber ich bin sicher, dass er einen Samenerguss im Traum hatte, er sagte, ich sei die Katze gewesen und dann hat er mich ganz verliebt angesehen."

Ich freute mich für Betty, dass sie sich verliebte, aber zugleich blockierten mich die Gedanken an den merkwürdigen Rückzug meines Freundes, und ich hatte für einen Moment die Fantasie, dass auch in meinen Träumen neidische Ratten auftauchen könnten. Ich konnte Bettys Freude und Unbeschwertheit nicht so teilen, wie ich es mir gewünscht hätte. Ich lächelte sie an, fühlte mich dabei aber zugleich verklemmt und unfrei. Mir fiel Bettys Schilderung ihrer Mutter wieder ein.

Und tatsächlich träumte ich in der folgenden Nacht von weißen Mäusen, die an meinen Füßen knabberten; merkwürdigerweise tat es nicht weh, sondern kitzelte nur. Ich konnte mich aber am nächsten Morgen kaum an weitere Einzelheiten des Traumes erinnern, ich wusste nur noch, dass zwei frühere Klassenkameradinnen, die ich schon viele Jahre nicht mehr gesehen habe, darin vorgekommen waren. Sie lachten miteinander, und ich stand daneben.

Ich hatte wenig Zeit, über den Traum nachzudenken, denn ich musste noch meine Sachen für den Nachtdienst zusammen packen. Damals arbeitete ich bei solchen Diensten den ganzen Tag, hatte dann nachts Bereitschaftsdienst und arbeitete am nächsten Tag weiter. Die Abende als Bereitschaftsärztin waren in der Regel recht hektisch. Es war so vieles gleichzeitig zu erledigen, obwohl der Umgang mit Menschen, die sich in einer psychischen Notlage befanden, eigentlich

Ruhe erforderte. Später in der Nacht entstand jedoch oft eine ganz besondere Atmosphäre: Ich mochte es, so kurz vor Mitternacht als diensthabende Ärztin auf eine abgedunkelte Station gerufen zu werden, wo fast alle bereits schliefen und die Geräusche gedämpft wirkten. Die Gespräche, die dann stattfanden, spielten sich jenseits der betriebsamen Tageswirklichkeit ab, erreichten manchmal eine besondere philosophische Tiefe oder führten unmerklich in lange verschüttete nächtliche Kindheitserinnerungen zurück, wo am Ende das tiefe Bedürfnis auftauchte, von einer liebevollen Mutter sanft in den Schlaf gewiegt zu werden.

Ich selber zog mich danach in das karg eingerichtete Dienstzimmer mit der steifen Bettwäsche zurück, versuchte einzuschlafen und die Vorstellung zu verdrängen, um drei Uhr morgens durch ein schrilles, durch Mark und Bein gehendes Telefonklingeln aus dem Schlaf gerissen zu werden und mich im grellen Neonlicht hektisch anzuziehen.

Nach solchen von flachem und durchfurchtem Schlaf geprägten Nachtdiensten war der folgende Tag dann mühsam; ich war gestresst, schwitzte schnell und spürte nicht selten leichte Kopfschmerzen. Irgendwie beneidete ich Betty nach meinem diesmal recht anstrengenden Nachtdienst. Ich war nur fünf Jahre älter als sie und trug Tag und Nacht so viel Verantwortung; sie ließ sich auf ihre Träume ein, frühstückte stundenlang, schwänzte Vorlesungen, verliebte sich und beschäftigte sich mit sich selbst. Sie wirkte sensibel und schön, ihre Bewegungen waren harmonischer als meine und ihre Stimme klang weicher. Warum ließ ich mich so stressen und hetzen? Vielleicht lebte ich unter dem Bann, alles richtig machen zu müssen, und würde eines Tages aufwachen und erkennen, dass gerade das falsch gewesen sein könnte.

In der folgenden Nacht hatte ich wieder diesen Toilettentraum:
Ich bin in einem Café, suche die Toilette, muss umständlich um einen Tisch mit älteren Männern herum, es ist eng. Die Toilette ist weggebrochen, es ist schmutzig, eklig, der Boden ist voller Urin. Ich pinkele und mache meinen Pullover oder meine Jacke auf dem schmutzigen Boden nass. Später kommt die Besitzerin und will die Toilette reparieren.
Als ich aufwache, muss ich.

Betty sagt unseren nächsten Termin ab. Sie werde sich wieder melden, wenn sie erneut mit mir sprechen wolle. Als sie sechs Wochen später wiederkommt, wirkt sie fremd und entrückt:
„Ich habe mit Fred geschlafen. Wir lagen in einem riesigen Wasserbett. Alles war weich und passte sich harmonisch den Körperbewegungen an. Es war wie ein großer Fluss, an den Ufern erstreckte sich ein dichter Dschungel mit riesigen grünen Blattgewächsen, in denen muntere Vögel zwitscherten. Fred war sehr zärtlich. Hinterher war ich ganz entspannt. Ich habe auch von Ihnen geträumt: Ich saß am Frühstückstisch und wollte

zu einem Gespräch mit Ihnen aufbrechen. Ich begann aber mit den Vorbereitungen zum Plätzchenbacken, mischte Milch und Zucker und Eier ineinander, stellte fest, dass ich kein Mehl hatte, kam nicht weiter, wollte aber das Gemisch auch nicht wegwerfen. Dann war ich unterwegs, ich verlief mich, kam in einen verwinkelten Hinterhof mit roten Backsteinmauern, dort begegnete mir ein gut gekleideter Mann, ich kannte ihn irgendwie, vielleicht war es ein Professor, er blickte auf seine goldene Armbanduhr und sagte, ich hätte mich verspätet.

Dabei fällt mir ein, dass ich Ihnen sagen wollte, dass ich mein Studium nicht fortsetzen kann. Es interessiert mich zu wenig und ich verpasse auch den Anschluss. Für meinen Vater ist das ein schwerer Schlag, seine kleine Ballerina wird keine Karriere machen, sie sucht sich auch keinen aufstrebenden Jungdynamiker zum Heiraten, sondern frühstückt stundenlang mit einem laschen Philosophen in einer runtergekommenen WG, in der der Spül von zwei Tagen herumsteht; manchmal verwandelt sich mein Vater in einen Elefanten, der seinen Rüssel zum Fenster herein steckt, einen ungespülten Teller greift und ihn auf den Boden fallen lässt. Ich fege dann die Scherben zusammen und werfe sie in den Müll. „ Ein Teller weniger zu spülen", sagt Fred und grinst unverschämt, er hat keine Angst vor dem stampfenden Elefanten draußen vor dem Fenster, der das ganze Haus zum Einsturz bringen könnte." Sie machte eine Pause.

„Wenn Sie so erzählen, weiß ich gar nicht so recht,

wann Sie von Ihren Träumen und wann von der Wirklichkeit sprechen", sinniere ich.

„Ist das wichtig?", fragt sie.

„Für mich schon", antworte ich: „Welche Bedeutung haben für Sie unsere Gespräche?"

„Ich weiß nicht", sagt sie: „Ich möchte, dass Sie mir helfen, mich besser in meinen Träumen zu erkennen, aber ich glaube, dass Sie irgendwie vorhaben, mich wieder ganz in das Leben da draußen zurückzuholen. Deshalb habe ich im Traum auch gezögert, zu Ihnen aufzubrechen. Sie haben sich bestimmt von meinem Vater beeindrucken lassen, als er Sie anrief. Er ist sehr mächtig. Als ich anfing zu studieren, wollte ich werden wie er, aber dann hatte ich folgenden Traum:

Ich war in einem Luxushotel, es war eine prächtige Eingangshalle. Unser Urlaub ging zu Ende. Ich musste noch packen, hatte aber überhaupt keine Lust; meine Sachen waren im ganzen Hotel verstreut, ich lief durch die Gänge in unser Zimmer, suchte im Badezimmer, kam mit mehreren Beuteln zurück, hatte aber noch nicht alle Sachen gefunden. Mein Vater stand mit zwei riesigen edlen Koffern abreisebereit, er sah mich vorwurfsvoll an. Ich würde den Bus verpassen. Ein staubiger alter Bus kam. Mein Vater ging zum Bus, aber er stolperte an der Treppe beim Einsteigen. Er lag am Boden auf dem staubigen Parkplatz. Es war sehr heiß. Er wirkte plötzlich so hilflos. Ich war immer noch mit dem Packen in der Eingangshalle des Hotels beschäftigt und hatte Schuldgefühle, dass ich ihm nicht half. Ein Hotelportier hob ihn auf. Der Bus fuhr ohne uns ab.

Mir wurde deutlich, dass es immer eine Anstrengung bleiben würde, ihm zu genügen, dabei ist er selber auch verletzlich, er gibt es nur kaum zu. Wenn ich mein Studium abbreche, wird sein Weltbild erschüttert, er macht mich dafür verantwortlich, dabei ist er es doch selber, der die Maßstäbe so hoch hängt und immer mehr will, bis einer zusammenbricht."

Sie weint.

„Sind Sie es, die zusammenbrechen oder ist er es?", frage ich.

„Was glauben Sie?"

„Sie sind beide sehr stark", antworte ich, „ nach außen wirkt er erfolgreicher, aber Sie haben ihm viel entgegen zu setzen. Weiß er das?"

„Danke", sagt sie. Ihr Gesicht hellt sich auf. „Ich weiß nicht, ob er das versteht."

Ich glaube plötzlich, Bettys Weg in die Traumwelt besser zu verstehen, habe den Impuls, Mittler zu sein zwischen ihrem Vater und ihr, spüre aber auch die Macht des Vaters. Bin ich nun in der gleichen Rolle wie ihre Mutter?

„Wäre es Ihnen doch irgendwie wichtig, dass er Sie versteht?", frage ich.

„Er kann mich nicht verstehen."

„Und Ihre Mutter?"

„Meine Mutter hat sich ihm immer angepasst, aber dabei ihr eigenes Leben verloren. Sie wirkt nach außen wie die perfekte Unternehmerfrau, aber innen ist sie unglücklich. Sie möchte, dass ich glücklich werde und glaubt, dass mir das Studium hilft, erfolgreich, unabhängig und glücklich zu sein.

Aber ich werde das Studium abbrechen."

„Sie wollen Ihr eigenes Leben", stelle ich fest.

„Ja", sagt sie, „und meine Träume; ich mag sie nicht eintrocknen lassen in einer Welt voller geschickt durchgestylter Frauen und von Aktiengewinnen schwärmenden Männern im bequemen Mercedes mit Ledersitz, Handy und Navigation. Manche meiner Kommilitonen träumen davon, aber ich nicht. Es bedeutet mir nichts."

Nach unserem Gespräch denke ich wieder an das Therapieziel. Soll ich sie unterstützen, ihren Weg in die Träume weiter zu gehen und aus ihren Träumen Kraft zu schöpfen? Welche Bedeutung habe ich überhaupt für sie? Ich wäre gerne tiefer mit ihr in Kontakt, aber sie kommt unregelmäßig und lässt sich nicht wirklich ein, und ich reagiere vielleicht zu sachlich und entwickele - wie ihre Mutter - zu wenig Fantasie. Irgendwie missfällt es mir, zu spüren, dass Betty mich manchmal mit ihrer unglücklichen Mutter zu vergleichen scheint. Ich wäre lieber ihre ältere Schwester, die mit ihr über die Angst spricht, dass auch unser eigenes Leben irgendwann ebenso in Konventionen versanden könnte. Aber wir beide haben keine Schwester.

Abends fahre ich mit dem Rad zu meiner Supervisionsgruppe, ich komme als erste, begrüße den Supervisor, der sich danach wieder diskret in sein Arbeitszimmer zurückzieht, und setze mich in einen bequemen Sessel in dem noch leeren Raum; und nachdem ich für eine Weile das Bild an der

Wand betrachtet habe, kommen die anderen herein: Ein ehrgeiziger Assistenzarzt aus der Uniklinik, ein weicher, einfühlsamer Kollege aus meiner Abteilung, zwei ältere niedergelassene Ärztinnen und eine forsche junge Psychologin aus einer psychosomatischen Klinik. Ich bin hin- und hergerissen, ob ich Betty in der Gruppe zum Thema machen soll. Ich fürchte, der Supervisor würde reagieren wie ihr Vater, er würde Bettys Weg als Sackgasse und als spätpubertäre Auflehnung interpretieren. Hätte ich die Kraft dagegen zu halten? Möglicherweise käme er zu dem Schluss, ich würde mich von Betty vereinnahmen lassen und hätte zu wenig Distanz. Vielleicht sei ich selber noch in Ablösungsauseinandersetzungen mit meinen Eltern. Zum Glück möchte der korrekt gekleidete Assistenzarzt aus der Uniklinik unbedingt über eine seiner Patientinnen sprechen; bestimmt stellt er wieder eine attraktive junge Frau mit Essstörungen vor, die sich in ihn verliebt. Ich lehne mich zurück und lasse ihm den Vortritt.

Am nächsten Tag ruft mich mein Chef zu sich. Bettys Vater wolle, dass sie die psychotherapeutischen Gespräche mit ihm, dem Chefarzt fortsetze. „Und was meinen Sie?", frage ich ihn.
„Nicht, dass Sie denken, ich hätte kein Vertrauen zu Ihnen, aber vielleicht ist in diesem Fall ein Familiengespräch hilfreich, das wir gemeinsam führen könnten. Sie sollten es Betty vorschlagen."
„Betty ist nur momentan in einer wichtigen Ablösungsauseinandersetzung, und nun redet ihr

Vater in die Therapie hinein. Sie könnte die Behandlung ganz abbrechen", entgegne ich und spüre, dass auch ich mich bevormundet fühle.

„Sie identifizieren sich vielleicht etwas zu sehr mit Fräulein Schulz."

Warum sagen Männer eigentlich in solchen Situationen immer noch Fräulein?", denke ich wütend. Vielleicht hat er ja auch selbst zu viel Respekt vor dem einflussreichen „Elefanten" Vater Schulz. Er hat sicher Angst um seine Reputation, und die Frauen werden verniedlicht, damit die Männer ihre eigenen Ängste nicht wahrnehmen müssen. Betty braucht in seinen Augen bestimmt einen erfahrenen Mann, der sie auf den richtigen Weg zurückführt. Und Vater Schulz und mein Chef sonnen sich gönnerhaft in ihrer Lebenserfahrung und in ihrer Überlegenheit über die jungen Träumerinnen. Ich schweige.

„Sie können ja einmal darüber nachdenken", sagt er.

Betty sagt unser nächstes Gespräch wieder ab. Ich träume wieder von ihr: Mein Chef will sie verführen, er umarmt sie zärtlich, er küsst sie, dann greift er ungeschickt ihre Brüste, sie weicht empört zurück. Dann sitze ich mit Bettys Familie beim Abendbrot. Der Tisch ist mit weißer Tischdecke, silbernem Besteck und blauen Stoffservietten vornehm gedeckt. Ich verschütte einen Becher mit Milch. Ihr Vater springt auf und schreit: "Pass doch auf!" Ich fühle mich wie ein ungeschicktes kleines Mädchen. Nach dem Aufwachen komme ich mir irgendwie unzulänglich vor.

Bei unserem nächsten Gespräch beklagt sich Betty, dass ihr Vater ihr das Geld nun völlig gestrichen habe. Wenn sie nicht mehr studiere, müsse sie eben arbeiten und ihre Träume selber finanzieren. „Ich könnte ihm vorlügen, dass ich wieder studiere, ich könnte eingeschrieben bleiben und jobben, ich könnte aus dem Studium aussteigen und arbeiten oder Sozialhilfe beantragen."

„An welche Art von Job oder Arbeit denken Sie dabei?"

„Ich weiß nicht. Im Traum bin ich am Meer gewesen. Ich bin mit Kleidern in die Wellen gelaufen und losgeschwommen. Das Wasser war ganz warm. Ein kraftvoller Delfin hat mich gezogen, und unsere Körper wurden mit den Wellen immer geschmeidiger. Es war unglaublich schön, die Kraft des Delfins zu spüren und zugleich leicht durch das Wasser zu gleiten. Plötzlich war da ein rostiges Boot. Ich kletterte an Deck. Ein Matrose reichte mir die Hand. Sie war voller Öl. Ich wischte das Öl an meinem weißen Kleid ab. Es war voller schwarzer Flecken und klebte nass an meinem Körper. Das wunderbare Gefühl, durchs warme Wasser zu gleiten war plötzlich einer verunsichernden Hässlichkeit gewichen. Der Matrose grinste. Er schien mich zu begehren. Ich fand ihn abstoßend. Meine Mutter kam auf uns zu. Ich war erleichtert, dass der Matrose die lüsternen Blicke von mir abwandte. Ich sah den Delfin im Wasser, er vollführte Kunststücke und schien freundlich zu lachen.

Ich habe Angst vor dem Arbeitsleben, vielleicht

wäre Reiseleiterin als Beruf nicht schlecht, aber ich glaube, man wird von den Touristen sehr vereinnahmt, muss sich um Pinkelpausen, zu laute Schlafzimmer und Museumsbesuche kümmern, und es bleibt zu wenig Zeit, von all den Reiseeindrücken zu träumen. Viele Touristen sind im Urlaub ganz mit ihren kleinlichen Alltagssorgen beschäftigt und belatschern ständig die Reiseleiter; es ist bestimmt verdammt schwer, sie zum Träumen zu bringen, sie fahren in exotische Länder und sind doch nur mit ihren kleinen Eheproblemen befasst. Frauen kritisieren ihre Männer, dass sie sich unpassend angezogen haben, zu viel Bier trinken oder ihnen zu wenig Aufmerksamkeit entgegen bringen, die Männer stellen ihre Sportlichkeit oder ihre vermeindliche Weltoffenheit zur Schau und fühlen sich wahnsinnig überlegen, obwohl sie von außen betrachtet oft eine eher lächerliche Figur abgeben, was Einheimische und Reiseleiter für sich behalten.

Fred meint, ich solle das Studienfach wechseln, mich darauf konzentrieren, meine Träume zu malen, und Kunst studieren oder einfach nur malen und Sozialhilfe beantragen. Ihm gefallen meine Bilder ziemlich gut. Ich glaube, das ist keine schlechte Idee."

Sie holt ein Bild aus der Tasche. Es zeigt einen zusammengerollten Embryo im Mutterleib, um die Gebärmutter und durch den Körper der Frau schlingen sich schöne dunkelgrüne Blattgewächse mit zarten rosafarbigen Blüten.

„Meine Träume sind wie dieser Embryo auf eine schützende Hülle angewiesen. Ich bin zugleich die

Gebärmutter und der Embryo, ich möchte
fruchtbar werden und meine Träume gebären,
spüre eine große Lebendigkeit und Vitalität in mir,
aber brauche zugleich selbst ganz viel Wärme und
Unterstützung von außen."
Ich spüre den Impuls, sie zu beschützen. Mir sitzt
zugleich jedoch der Vorschlag meines Chefs, ein
Familiengespräch in die Wege zu leiten, im
Nacken.
„Sie möchten gerne genügend Raum und Zeit, um
ihre Träume zu vertiefen und zugleich wollen Sie
eigentlich die Unterstützung durch ihre Eltern
nicht missen. Meinen Sie, es hätte Sinn, wenn wir
hier in der Klinik gemeinsam mit Ihren Eltern
reden würden?"
„Bei Ihnen?"
„Und meinem Chef."
Sie sieht mich überrascht an. Ahnt sie, dass ihr
Vater mit meinem Chef geredet hat? Beginne ich
gerade, sie zu verraten? Ich fühle mich unwohl.
„Ich weiß nicht", sagt sie, „ich glaube nicht, dass
das viel bringt."
„Wir könnten es versuchen", sage ich.
„Ihr Chef wird sich sicherlich der Sicht meiner
Eltern anschließen. Wären Sie dann stark genug,
mir den Rücken zu stärken? Auf welcher Seite
stehen Sie?"
„Was meinen Sie?", ziehe ich mich aus der Affäre.
„Ein wenig stehen Sie auf meiner Seite, aber Sie
passen sich meiner Meinung nach zu sehr der
Gesellschaft an, für die Sie als Psychiaterin
arbeiten. Muss man da nicht den Patienten ihren
Spleen austreiben und sie auf den Weg der

Normalität zurückführen? Erscheint es Ihnen nicht anmaßend, dass ich meine Träume leben will?"

Jetzt muss ich Farbe bekennen: „Ich mag Sie und bewundere, dass Sie zu Ihren Träumen stehen. Sie entfernen sich mutig von der Welt Ihrer Eltern, aber zugleich hoffen Sie auf deren Hilfe, finanziell und ideell. Passt das zusammen?"

„Meinen Sie, ich sollte mich ganz von ihnen ablösen?"

„Nicht unbedingt, vielleicht wäre ein Studienfachwechsel auch ein möglicher Kompromiss. Je weiter Sie sich von der Welt Ihrer Eltern entfernen, desto eher müssen Sie damit rechnen, dass die Unterstützung ausbleiben könnte, aber es ist Ihre Entscheidung, wie weit Sie gehen und ob die Welt Ihrer Träume genug Halt bietet, die Brücken eines Studiums ganz abzubrechen." Ich frage mich, ob ich in diesem Moment belehrend wirke.

Sie sagt nichts.

Zwei Wochen später kommt das Familiengespräch tatsächlich zu Stande. In der Nacht vorher träume ich, dass ich mit einer Freundin in den Bergen klettere. Die Freundin rutscht ab, ich will sie halten, aber greife ins Leere. Sie rutscht immer weiter den schrägen Hang hinab. Ich habe Schuldgefühle, dass ich sie nicht halten kann. Im Gras ist eine Schlange. Ich springe erschrocken zur Seite, sie beißt in die Luft. Ich will weglaufen, komme aber nicht vom Fleck. Die Schlange kriecht auf meinen Fuß und windet sich langsam um mein Bein. Sie beißt nicht. Ich wache auf und denke für einen Moment, die

Schlange sei in meinem Bett. Mein Herz schlägt heftig. Ich kann danach nicht mehr einschlafen.

Als ich zum Chefarztzimmer gehe, bin ich unruhig. Ich möchte nicht, dass er Bettys Weiterbehandlung übernimmt. Ein Ehepaar sitzt im Wartebereich des Flures, die Frau ist elegant gekleidet, etwa Mitte Vierzig, schlank und sehr gut aussehend. Er wirkt stattlich, etwas älter, ebenfalls gut gekleidet und recht selbstsicher. In meinen Jeans komme ich mir plötzlich studentinnenhaft vor, ich grüße und gehe weiter zum Vorzimmer, muss dort noch einige Minuten warten, bis ich hereingelassen werde. Die Chefsekretärin wirkt irgendwie herablassend. Ich kann sie nicht leiden. Chefsekretärinnen strahlen manchmal so eine merkwürdige Mischung aus Identifikation mit ihrem Chef, geschäftlicher Eleganz und Machtgebaren aus, besonders, wenn sie einen darauf hinweisen, dass man jetzt nicht eintreten kann.

Im Vorgespräch mit meinem Chef fühle ich mich unsicher. Ich versuche zum Ausdruck zu bringen, dass Bettys Vater nicht zu viel Einfluss auf die Therapie seiner Tochter nehmen dürfe und meine indirekt natürlich auch, dass ich mich nicht völlig meinem Chef unterordnen möchte. Ich spüre ihm gegenüber töchterliche Rebellion. Eigentlich wäre ich gerne souveräner.

Im Familiengespräch fängt erwartungsgemäß der Vater an: Betty habe so viele Talente, er könne ihre Flucht in die Traumwelt weder verstehen noch unterstützen. Er glaube immer noch, da seien

Drogen im Spiel, und er sei mit der Behandlung bei mir unzufrieden. Ich sei dem Drogenproblem nie nachgegangen, und Betty drifte immer mehr ab.

Ich spüre den Impuls, mich mit Bettys Vater zu streiten, aber das wäre wohl unprofessionell, so würde ich mich viel zu sehr in eine töchterliche Rolle begeben. Ich sehe Betty an.

„Papa, ich habe von dir geträumt", sagt sie: „Du warst erst furchtbar mächtig und dann ganz hilflos. Ich hatte große Schuldgefühle, dass ich nichts tun konnte."

„Betty, wach auf aus deinen Träumen! Wir wollen dir doch helfen."

„Ein Leben zu leben, das nicht meines ist?"

Mein Chef würdigt zugleich die fürsorgliche Liebe des Vaters und das Bestreben der einzigen Tochter, ihren eigenen Weg zu gehen, und lenkt das Gespräch geschickt auf die Gefühle der Eltern im Ablösungsprozess. Bettys Mutter kommt nun auf ihre Zweifel zu sprechen, genügend Vorbild für die Tochter zu sein und spricht darüber, dass ihr Mann eine sehr dominante Position in der Familie einnimmt. Betty wird immer stiller.

„Ich träume viel häufiger von Papa als von dir", sagt sie schließlich in weichem Tonfall zu ihrer Mutter, " vielleicht wird sich das aber nun ändern. Mama, ich werde dich anrufen, wenn ich von dir geträumt habe."

„Fang nicht wieder mit diesem Blödsinn an!", will der Vater aufgebracht dazwischen fahren, aber Bettys Mutter geht auf ihr Angebot ein.

Ich bin beeindruckt von Bettys sanftem Geschick. Sie bringt sogar später ihren Vater dazu, ihr für einige Monate weiter Geld zu geben, um auszuloten, ob ein Studienfachwechsel in Frage kommt, und um sich - wenn sie sich dazu entschließt - mit einer Bewerbungsmappe auf das Kunststudium vorzubereiten.

Der Therapeutenwechsel zu meinem Chef kommt nicht mehr zur Sprache. Wir verabreden in zwei Monaten ein neues Familiengespräch. Ich bin erleichtert und finde im Nachhinein meine Wutgefühle auf meinen Chef übertrieben. Gerne hätte ich mit ihm nach dem Familiengespräch noch gesprochen, aber er hat keine Zeit mehr.

Ich gehe zurück zur Station. Eine 70jährige unverheiratete Frau schildert mir in meinem Zimmer mit roten Ohren ihre sexuellen Fantasien und ihre Angewohnheit, sich selbst zu befriedigen. Sie glaubt, sie sei nicht normal und hat in ihrem ganzen Leben noch mit niemandem darüber geredet. Es gelingt mir, ihr das Gefühl zu nehmen, derartige Empfindungen seien abartig. Sie bedankt sich sehr für unser Gespräch. Wie einsam manche Menschen doch sind, denke ich und mir fällt ein, dass ich noch mit einem älteren Herrn reden wollte, der die letzten 20 Jahre in einer abgelegenen Gartenlaube gewohnt hat, keinen Kontakt zu seiner Familie pflegt und noch nie im Leben eine Freundin hatte. Die anderen Patienten auf der Station meiden ihn, weil er ständig über philosophische Themen monologisiert und andere Menschen kaum wahrzunehmen scheint. Ich mag ihn; vielleicht, weil er irgendwie aussieht wie mein Vater oder weil ich seine tief vergrabene Sehnsucht

nach menschlicher Nähe spüre. Es ist nur immer schwierig, ein Gespräch zu beenden, weil er bei allen Themen so weit ausholt und über seine Lebensphilosophie doziert.
Ich komme erst später als geplant nach Hause.

Betty kommt erst nach einigen Wochen wieder zu mir.
„Als ich mit Fred im Bett lag, erschien plötzlich seine Freundin, sie goss den Inhalt einer Vase aus. Es war die Lieblingsvase meiner Oma. Sie ließ die Vase fallen, die Vase rollte unters Bett. Fred sagte: „Reg dich doch nicht so über die Vase auf!" Ich begann zu weinen."
Betty stehen auch jetzt die Tränen in den Augen.
„Ich glaube, Fred will zu seiner Freundin zurück, er verschweigt mir viele seiner Träume und ist viel unterwegs. Gestern Nacht war er aus Eis, sein Körper begann zu schmelzen und das Wasser rann aus seinen Hosenbeinen."
„Haben Sie Angst, ihn zu verlieren?", frage ich. Es kommt mir schon ziemlich normal vor, dass in ihrer Schilderung Traum und Wirklichkeit ineinander greifen.
„Ich bin durch die Straßen geirrt und habe eine neue Bleibe gesucht, die Stadt kam mir völlig unbekannt vor, und ich habe mich verlaufen. Eine alte Frau mit langen weißen Haaren fragte mich nach dem Zauberspruch, aber ich wusste ihn nicht. Sie hielt einen Kuchen in der Hand. Ich hatte großen Hunger, aber ich wusste, dass sie mir ohne den Zauberspruch nichts abgeben würde. Ich war sehr hungrig und fühlte mich ganz abgerissen. Ich

lief weiter und weiter."

Erst jetzt fällt mir auf, dass sie heute sehr
ungepflegt aussieht, die Haare sind kaum
gekämmt, sie trägt eine ungewaschene Jeans und
ein kariertes Männerflanellhemd. Ich beginne, mir
Sorgen um sie zu machen und spreche das auch an.
„Ja, meine Mutter macht sich auch Sorgen", sagt sie.
„Ich habe sie gestern angerufen. In meinem Traum
war sie eine schwarze Katze, die einem Mann um
die Beine strich, sie war weich und kuschelig, ich
habe ihr seidiges Fell immer wieder gestreichelt,
aber dann lief sie weg. Der Mann sah mich an. Er
packte einen Laptop aus und begann, in einer
merkwürdigen Sprache etwas hinein zu tippen.
Dann spielte der Laptop Musik. Ich tanzte mit dem
Mann. Er trat mir auf die Füße, ich fand ihn
ungeschickt.

Mein Vater hat unsere Familie sehr dominiert.
Meine Mutter ist die Katze, die meinem Vater sanft
um die Beine streicht. Ich habe mich viel zu wenig
mit ihr auseinander gesetzt. Ihre Eltern sind früh
gestorben, und so hatte ich immer nur Großeltern
väterlicherseits. Ihr einziger Bruder ist
ausgewandert. Jetzt bin ich ausgezogen. Am
Telefon habe ich ihr erzählt, dass ich fürchte, Fred
wird mich verlassen. Ihre erste große Liebe hat sie
auch verlassen. Ich habe sie gefragt, ob sie Papa
geheiratet hat, weil sie so alleine auf der Welt war,
sie hat das nicht einmal verneint und mich gefragt,
ob ich mich auch alleine fühle. Ich könne nach
Hause zurückkommen, wenn Fred mich verlasse.
"Du hast doch ein Elternhaus", hat sie gesagt. Aber
wenn ich nach Hause zurückkehre, ist das ein

Rückschritt. Dort werde ich bestimmt nicht so gute Bilder malen, dass sie mich an der Kunsthochschule nehmen, vielleicht würde ich dann sogar ganz aufgeben und wie meine Mutter eine Lehre machen und heiraten."

„Und wenn Sie nicht zurückgehen?"

„Ich werde träumen und vielleicht malen", sagt sie plötzlich selbstbewusst: "auch wenn Fred mich verlässt. Ich hatte geglaubt, wir würden zusammen aus unseren Träumen eine unglaubliche Kraft schöpfen, ich habe mich so lebendig wie noch nie zuvor gefühlt; und nun verliert er das Interesse. Ich verstehe das nicht, wie kann er das, was zwischen uns möglich gewesen wäre, so einfach wegwerfen? Wir haben doch gerade erst angefangen, gemeinsam zu träumen. Wenn die Träume zweier Menschen in eine wirkliche Wechselbeziehung treten, dann entsteht etwas ganz Besonderes, etwas, was die meisten Menschen nie im Leben auch nur in Ansätzen erfahren. Und Fred weiß das und wirft es trotzdem weg." Ihr treten Tränen in die Augen. Ich überlege einen Moment, ob ich ihr von meinen Träumen erzählen soll, in denen sie vorkommt, aber dann müsste ich ihr auch mehr von meinem Privatleben erzählen, und das würde die Grenzen zwischen einer therapeutischen und einer privaten Beziehung sprengen. So frage ich: „Wie sieht diese wirkliche Wechselbeziehung zwischen den Träumen zweier Menschen aus?"

„Ich wüsste gern selber viel, viel mehr darüber", antwortet sie: „ Mein Vater war in meinen Träumen mehrere Male ein Elefant, immer ein wenig Furcht einflößend, und dann träumte Fred, dass er in

Indien auf einem Elefanten ritt, er fühlte sich ganz
großartig dabei, und sein Elefant hatte zugleich
etwas mit meinem Vater und seinem Bruder zu
tun, der ihm immer Vorschriften machen wollte;
Fred hat daraufhin ein unheimlich gutes Gespräch
mit seinem Bruder geführt, es war ein Wendepunkt
in seinem Verhältnis zu ihm, eigentlich das erste
Mal, dass Tom ihn völlig ernst genommen hat. Fred
war so ausgelassen, als er zurückkam. Wir haben
zusammen in der Wohnung getanzt. Anschließend
bin ich in einem Traum auf einem kraftvollen
Mustang ohne Sattel über eine riesige Wiese
geritten, zunächst machte das Pferd tänzelnde
Schritte und dann ist es mit mir über einen
Stacheldrahtzaun gesprungen, ich hielt mich an der
Mähne fest, sie fühlte sich genau so an wie Freds
Haare; meine eigenen Haare wehten im Wind, ich
war überrascht, wie leicht es war, sich auf dem
Rücken des Pferdes zu halten, es war ein
wunderbares Gefühl. Ich wachte fast gleichzeitig
mit Fred auf, ich habe ihn im Halbdunkel
angesehen, ihm über das Gesicht und die vom
Schlaf verwuschelten Haare gestrichen. Wir sind
zärtlich geworden, er hat mich so am ganzen
Körper berührt, dass ich wahnsinnig erregt war.
Als wir dann zusammen kamen, war es, als ob die
Grenzen zwischen uns völlig verschwimmen, als
ob ich mich auflöse und ganz in seinem Körper
untergehe. So etwas habe ich noch nie zuvor erlebt.
Wir sind dann wieder eingeschlafen, ich tanzte mit
meinem Vater, hatte Schwierigkeiten, in den
Rhythmus zu finden, meine Mutter sah zu und
trank ein Glas Cocktail nach dem anderen. Ich

lehnte es ab, dass sie so viel trank, machte eine kritische Bemerkung in ziemlich scharfem Ton, aber sie antwortete nett und sanft. Im gleichen Traum tauchte ich später in einem warmen Ozean zwischen Schwärmen farbenfroher Fische in der Südsee, die Bewegungen waren so sanft und geschmeidig, dass mich ein unheimliches Glücksgefühl ergriff. An den Füßen hatte ich plötzlich meine blauen Schwimmflossen aus Kindertagen, mit denen ich mich erstaunlich schnell durchs Wasser bewegte. Ich hatte Kiemen in den Wangen und am Hals und konnte unter Wasser atmen, das Meerwasser strömte durch mich hindurch, es war überhaupt nicht salzig. Vielleicht hat diese große Nähe, die nur einmal in dieser Nacht zwischen uns entstanden ist, Fred Angst gemacht. Am folgenden Tag hat er seine frühere Freundin zufällig wieder getroffen, sie haben zusammen getrunken und den ganzen Abend geredet und sich dann erneut verabredet. Ich habe daraufhin geträumt, dass ich ihn berühre und er seine Hand zurückzieht, sich einfach umdreht und hinausgeht. Ich stand da wie ein begossener Pudel."

„Es ist sicher sehr verletzend, nach dieser großen Nähe seinen Rückzug zu spüren. Haben Sie mit Fred darüber geredet, ob er sich wirklich zurückziehen will?"

„Ja und nein, ich habe es versucht, aber er weicht aus. Er erzählt mir nur noch Teile seiner Träume, ist mit einer Hausarbeit beschäftigt und verabredet sich abends oft. Unsere Gespräche flachen ab, er wirkt so weit weg, dass ich gar nicht recht weiß, wie ich an ihn herankommen soll."

Sie weint. „Ich träume seither oft so abgerissen und wache morgens mit fünf oder sechs Traumfetzen auf, die an diesem oder jenem rühren. Wenn ich anfange zu malen, füllen die Motive nie das ganze Blatt aus, ein Detail gefällt mir, aber ich sitze zugleich vor großen weißen Hintergründen, und wenn ich die dann ausmale, gefällt mir mein Bild nicht mehr. Genau so sind meine Träume, und ich kann inzwischen sogar Fred verstehen, dass er unsere Gespräche über die Träume nicht mehr so spannend findet."

Bei unserem nächsten Treffen kommt sie zu spät, sie wirkt durcheinander.

„Ich fuhr mit einem Afrikaner auf einem Tandem, die Pedale klemmten plötzlich, wir sind beinahe hingefallen. Andere fuhren vorbei. Der Afrikaner versuchte, das Tandem zu reparieren, ich stand daneben und fühlte mich etwas unwohl, weil ich nichts beitrug. Das Tandem fiel um und ging ganz kaputt. Wir gingen zu Fuß weiter. Es war sehr weit und staubig. Ich war plötzlich ganz alleine und suchte jemanden. Die Häuser am Weg waren abgebrannt, die Fenster zersplittert, die Räume schwarz vom Ruß, und manche Wände waren eingestürzt; jemand hatte den Herd angelassen, und es hatte eine Explosion gegeben. Ich bekam große Angst. Es war, als ob eine Katastrophe geschehen wäre und ich mich retten müsste, aber die Straße war versperrt, vor mir lagen Autowracks und Steine, die Straße hatte riesige Risse, ich kam nicht weiter. Ein weinendes Kind stand am

Straßenrand, und ein struppiger brauner Köter kläffte. Ich wachte mit starkem Herzklopfen auf. "

„Von welcher Angst spricht der Traum?", frage ich.

„Es ist irgendetwas Schlimmes", antwortet sie. „Es ist diffus und ungreifbar, wie eine unheimliche Bedrohung aus dem Nichts. Sie wühlt mich auf. Eine derartige Angst hatte ich noch nie. Der Traum will mich vielleicht warnen, dass da etwas auf mich zukommt."

„Was könnte das sein?", frage ich besorgt und spüre ein mulmiges Gefühl in der Magengegend.

„Ich weiß nicht", sagt sie und schweigt eine Weile. „Ich habe solche Angst."

Wir versuchen zusammen, ihre Angst zu begreifen, aber es ist eine düstere Angst, die sich jeder Erklärung zu entziehen scheint. Ist es ihre Unsicherheit angesichts einer Zukunft ohne klare Perspektive, ist es die drohende Trennung von Fred, glaubt sie, dass ihre Träume an Kraft verlieren oder fürchtet sie einen völligen Bruch mit ihren Eltern? Keine der möglichen Alternativen scheint die Richtige.

Das Gespräch bleibt irgendwie unbefriedigend und schal, sie meint, ich könne ihr nicht wirklich helfen, der Traum habe eine Botschaft, die sich vielleicht in den folgenden Nächten mehr entschlüsseln würde, sie habe zwar große Angst vor dem nächsten Traum, wolle sich aber der Gefahr stellen. Ich biete ihr an, mich anzurufen, wenn es ihr schlecht ginge.

Als ich am nächsten Montag zur Arbeit komme, sagt man mir, Betty Schulz läge auf der Intensivstation. „Ein Selbstmordversuch?", schießt es mir durch den Kopf. Im Vorraum der Intensivstation sehe ich ihre Eltern, die Mutter weint und der Vater sieht mich vorwurfsvoll an, sein Blick wirkt vernichtend, ich fühle mich sofort schuldig. Betty liegt bewusstlos an der Beatmungsmaschine, ihre Augen sind geschlossen, das Gesicht ist bleich, die Maschinen machen ein gleichmäßig wiederkehrendes zischendes Geräusch, ab und zu hört man kurze Pieptöne. Die Kollegen aus der Neurologie vermuten, wie ich erfahre, dass ein Blutgefäß im ihrem Gehirn - vermutlich eine angeborene Gefäßaussackung - geplatzt ist und zu einer Gehirnblutung geführt hat. Also kein Selbstmordversuch! Jetzt verstehe ich ihre panische Angst vom letzten Freitag. Hätte ich die Bedrohung erkennen und Untersuchungen veranlassen müssen? Hätte ich damals in der Klinik weitere Untersuchungen veranlassen müssen? Ich erinnere mich daran, dass sie von Kopfschmerzen sprach. Da ich selber seit langem oft unter Kopfschmerzen leide, habe ich dem vielleicht zu wenig Bedeutung beigemessen. So viele Menschen haben häufig Kopfschmerzen, und die neurologischen Untersuchungen sind oft wenig ergiebig. Hätte ich Bettys Kopfschmerzen weiter abklären müssen? Ihr Vater scheint das zu denken, so wirkte jedenfalls sein Blick. Ich beschließe, mich zu überwinden und auf die Eltern zuzugehen.

„Guten Tag", sage ich, reiche der Mutter zuerst die Hand. „Es tut mir schrecklich leid, was mit Ihrer Tochter geschehen ist."

„Das werde ich nicht einfach so hinnehmen", sagt der Vater. „Wenn Sie sie doch nur damals in der

Klinik behalten hätten und genauer untersucht hätten, vielleicht hätte man das, was jetzt passiert ist, verhindern können."

Die Mutter versucht zu beschwichtigen.

„Ich wünsche mir auch, dass ich das hätte verhindern können", antworte ich beklommen, „aber die Bedeutung, die Betty ihren Träumen beimaß, habe ich in keinerlei Zusammenhang mit einer Gefäßerkrankung im Gehirn gesehen. Es gab auch bei der körperlichen Untersuchung keine Anhaltspunkte dafür. Ich kann verstehen, dass Sie wütend sind..."

„Ich werde mit Ihrem Chef darüber sprechen", unterbricht er mich.

„O.k.", antworte ich und verabschiede mich.

Ich bin aufgewühlt und kann mich den ganzen Morgen nur schwer auf meine Arbeit konzentrieren, mittags gehe ich erneut zur Intensivstation. Zum Glück sind die Eltern weg. Ich setze mich neben Bettys Bett, nehme ihre Hand und sehe sie an. Ihr Brustkorb hebt und senkt sich mechanisch im Rhythmus der Beatmungsmaschine. Mir ist nach Weinen zu Mute. Ob sie wohl träumt? denke ich plötzlich. Der Gedanke beruhigt mich ein wenig.

Ich beschließe, meinen Chef aufzusuchen. Er hat bereits mit Bettys Vater gesprochen. Der Vater will Anzeige gegen die Klinik und gegen mich erstatten. Mein Chef meint, er habe versucht, den Vater zu überzeugen, dass man die Gefäßblutung nicht habe vorhersehen können und dass ich die körperliche Untersuchung gründlich durchgeführt hätte. Betty habe damals ja auch keine weitere stationäre

Behandlung gewollt und sei eine erwachsene mündige Frau. Der Vater sei nach dem Gespräch ein wenig beschwichtigt gewesen, aber vielleicht würde er dennoch Anzeige erstatten. Ich frage meinen Chef, ob er denn selber glaube, dass ich etwas falsch gemacht habe, aber er antwortet, ohne die Akte könne er das nicht beurteilen, er wolle sie in der Neurologie einsehen.

Abends wälze ich Neurologiebücher. Ich versuche, meine beste Freundin anzurufen, aber es meldet sich niemand. Ich greife erneut zum Hörer und wähle die Nummer meines Exfreundes. Als sich eine Frauenstimme meldet, lege ich sofort wieder auf. Ich fühle mich plötzlich wahnsinnig verlassen, hätte große Lust, den anstrengenden Arztberuf hinzuschmeißen und schiebe frustriert eine Tafel Schokolade Stück um Stück in den Mund. Ich kann nicht einschlafen, stehe wieder auf und schalte den Fernseher an. Der Film hat bereits angefangen, er zieht mich aber sofort in seinen Bann, obwohl ich zu Beginn die Handlung nicht ganz verfolgen kann. Er spielt in Afrika. Ein junger vital wirkender Mann schlägt sich auf der Straße mit Diebstählen durch. Seine Art, wie er seine Gefühle direkt und ohne Hintergedanken zum Ausdruck bringt, spricht mich sofort an. Ihm folgt ein häufig lachendes sehr junges Mädchen, das er zu beschützen sucht. Sie übernachten im Freien, auf der Straße oder am Strand. Eines Nachts wacht sie am Meer auf und weint bitterlich, er nimmt sie zärtlich in den Arm und fordert sie dann auf, ein schönes Lied zu singen; langsam und zögerlich beginnt sie unter freiem Himmel am Strand in der

Nacht zu singen. Es ist eine sehr bewegende Szene.

Der junge Mann schließt in dem Film Freundschaft mit einem hageren Jungen vom Land, der völlig allein ist, seinem gestorbenen Vater aber am Totenbett versprochen hat, nicht zu stehlen, und die harte Welt der Straße mit einer Mischung aus Stolz, Würde, Hilflosigkeit und Verzweiflung betrachtet. Um ihn vor dem Verhungern zu retten, klaut der junge Mann für ihn mit.

Später kommt im Film ein weißer Arzt vor, der mich sehr beeindruckt. Ohne sich selbst in den Vordergrund zu spielen, hilft er, begegnet dabei den Armen mit echtem Respekt und fühlt sich sensibel und unaufdringlich in ihre Welt ein. Nachts träume ich, obwohl ich in dieser Nacht wenig Schlaf bekomme, viel: Ich will eine Doktorarbeit schreiben und bin im Büro eines Ingenieurs. Er blättert in einem Stapel ungeordneter Unterlagen, und wir reden über Kupferverbindungen. Später will ich das Thema einem Freund erläutern, es fällt mir aber schwer, einen Bezug zum Arztberuf herzustellen. Wir gehen durch eine nächtliche Stadt und wollen etwas essen. Das Restaurant hat zwei Eingänge, der eine führt in einen überfüllten, der andere in einen leeren Gastraum; es fällt mir schwer, mich für einen Eingang zu entscheiden. Schließlich gehe ich hinein. Das Restaurant ist groß, ich lege meinen Arztkittel ab und hoffe, dass meine Sachen nicht geklaut werden. Vorne ist ein recht abgegessenes Buffet aufgebaut. Ich lade mir einen Teller voll, nehme einen Saft und schmeiße aus Versehen ein Krabbencocktail um, suche anschließend meinen

Platz wieder und balanciere meinen Teller durch Reihen mit Tischen und Bänken. Am Ende des Restaurants finde ich an Stelle der Tische und Bänke einen Holzboden vor; ich setze mich auf den staubigen Fußboden und beginne zu essen. Ich möchte eigentlich im Restaurant nicht alles bezahlen, weil der Kellner, der Getränke bringen sollte, mich übersehen hat. Ein Arzt blickt mich aus der Ferne an, er wirkt ungeheuer sympathisch. Als ich aufwache, fühle ich mich zwar unausgeschlafen, aber viel stärker als am Vortag. Ich erinnere mich, dass ich eigentlich Medizin studiert hatte, um in die Entwicklungshilfe zu gehen. Der Arzt aus dem Film und aus meinem Traum gibt mir Kraft. Ich beschließe, mir keine Sorgen um eine drohende Anklage von Bettys Vater zu machen, mich stärker auf meine Ideale zu konzentrieren und die kleinlichen Gedanken aus dem Traum, ob ich nun das Buffet bezahle oder nicht, zu überwinden. Ich sehe den Arzt vor mir, wie er mich unaufdringlich und intensiv ansieht und mich enorm stärkt. Plötzlich ist die Trennung von meinem Freund nicht mehr so schwer. Ich suche eigentlich einen ganz anderen Mann, der nicht nur um sich selber kreist.

Aufrecht gehe ich zur Arbeit.

Die Mutter

Ein nagendes Gefühl der Sinnlosigkeit bohrt sich durch meine Gedanken und droht, mein Leben wie einen Schutthaufen unter sich zu begraben. Ich fühle mich völlig „zerschlagen"; meine schmerzenden Glieder führen mir die ganze Bedeutung dieses schon häufiger eher achtlos gebrauchten Wortes vor Augen - ein „Schicksalsschlag" in körperlicher Deutlichkeit, der die sonst Make-up-gepflegte Haut in ungekannter Blässe mit ihren beginnenden Falten in der Mitte der Stirn bloßstellt. Ich blicke entsetzt in den Spiegel und fühle mich alt. Ich bin älter, als meine Mutter je geworden ist. Meine Achselhöhlen dünsten einen unangenehmen Geruch aus, den ich in den letzten Jahren bereits einige Male in Stresssituationen wahrgenommen habe und immer rasch mit Duschgel und Deo kaschierte. Bin ich in der letzten Zeit mehr und mehr zu einer mit immer größerem Aufwand gestylten Attrappe geworden? Enthüllt nun die bröckelnde Fassade eine alternde Substanzlosigkeit? Was erwarte ich noch vom Leben? Ich schließe die Augen, lege die kühlen Handflächen auf meine Augäpfel und streiche dann mit meinen sich langsam erwärmenden Fingern über die Wangen. Dort fühlt sich meine Haut jung und weich an, gar nicht so faltig, wie sie im Spiegel wirkte; und während ich tief durchatme, durchströmt mich ein wohligeres Lebensgefühl: Ich habe mich eigentlich in meinem

Körper im Gegensatz zu früher trotz einiger Wehwehchen hier und da recht bequem eingerichtet, bin innerlich ruhiger geworden. Damals war ich jung und schön, aber viel unsicherer, habe meinen Körper eher im Spiegel mit den Augen der anderen gesehen, jetzt zeigen sich die ersten deutlichen Spuren des Älterwerdens, aber mein Körper ist doch viel mehr mein eigener, wahrgenommener und erfühlter Körper. Gerade die leichte Steifigkeit der Glieder nach dem Aufwachen und der zähe Widerstand gegen die unbeschwert flüssige Bewegung machen ihren Gegensatz - das wohlige Durchströmen und die Lockerung in der Bewegung - so intensiv spürbar. Die eigene Lebendigkeit scheint erst dann so richtig begreifbar zu werden, wenn sie zu schwinden droht. Vielleicht brauche ich gar nicht mehr so viel Make-up, sondern kann mich eher so zeigen, wie ich wirklich bin, brauche nicht schon wieder all den Fernseh-Klischees auf den Leim zu gehen, was eine Frau vor den Wechseljahren schön und attraktiv macht. Ich habe mich in meinem Leben genug fremd bestimmen lassen. Es reicht! Das Leben ist zu kurz, um sich in all den Konventionen einbetonieren zu lassen und jegliche Lebendigkeit in vorgefertigten Ritualen zu ersticken.

Peter will gegen diese junge Ärztin vorgehen, aber was bringt uns das? Verschleißen wir damit nicht an falscher Stelle unsere Kraft und bringen zudem eine junge, unsicher sympathische Ärztin, die es vielleicht gut mit Betty gemeint hat, in unverdiente

Schwierigkeiten zu Beginn ihrer sicher engagierten Karriere? Peter sucht wie wohl viele andere Männer den Feind immer zuerst außerhalb des eigenen Wirkungskreises, das gibt ihm seine kämpferische Energie und stärkt ihn in Krisenzeiten. Aber kommt nicht die wirklich Ernst zu nehmende Bedrohung von innen aus der Flut unserer lautlosen Monologe, beginnt sie nicht zugleich auch unsere Gegenwehr zu untergraben und die Aufmerksamkeit auf die düsteren Seiten der Existenz zu verlagern? Unsere Betty trug eine unerkannte Zeitbombe, eine Gefäßaussackung in ihrem Kopf herum, und niemand war aufmerksam genug, das leise Ticken der Bedrohung zu hören, es ist völlig untergegangen im lauten Rauschen der geschäftigen Zeit. Hätte die Ärztin es hören müssen? Hätten wir in all den Jahren etwas wahrnehmen können? Hätten wir Betty mehr unterstützen können, die Botschaften aus ihrem Körper zu entschlüsseln? Wir haben sie doch eher daran gehindert, so sehr in sich hinein zu horchen, wir hielten ihre Suche nach den Botschaften ihrer Träume für krank. Hätten die Träume sie mit etwas mehr Unterstützung von uns vor der Gefahr warnen können? Haben wir jahrelang die verborgene Wahrheit unserer Körper vor uns selber und vor Betty mehr und mehr verschleiert, leben wir inzwischen in einer geschönten Schein- und Lügenwelt, die gerade im Begriff ist, wie ein Kartenhaus zusammenzufallen?

Meine geliebte Betty, meine einzige Tochter, liegt wie leblos auf der Intensivstation zwischen all den

Apparaten, und niemand weiß, was nun wird. Sie braucht jetzt meine gesamte Energie. Ich darf mich jetzt nicht so sehr in Selbstzweifeln bespiegeln. Aber ich habe die ganze letzte Nacht nicht geschlafen, mein Kopf dröhnt, ich laufe ständig hektisch hin und her, ich frage mich, was ich in diesem sorgfältig in Stand gehaltenen Haus nun noch soll. Unbeweglich und steif starren die Möbel mich an. Die Fassaden der antiken Schränke sind von unserer Putzhilfe mit Akribie poliert worden, in der Vitrine steht altes Familienporzellan. Ich muss mit einmal daran denken, wie ich es bei unserem Umzug aus meinem Elternhaus zusammengepackt habe und wie einer der kostbaren Teller zerbrach. Ich versuchte, ihn wieder zusammenzukleben, aber eine der Scherben war völlig zerstört. Betty war damals fünf Jahre alt, sie sah, dass ich traurig war, und sagte: "Mama, ist nicht so schlimm. Ich kaufe dir einen neuen Teller." Bei unserem ersten Einkauf nach dem Umzug ging sie im Supermarkt auf einen Teller mit einer aufgemalten Giraffe zu und sagte: "Den möchte ich kaufen." Ich begriff nach all der Umzugshektik den Zusammenhang nicht sofort und entgegnete: "Nein, wir brauchen jetzt keinen Teller." Mit Tränen in den Augen sagte sie: "Doch, der schöne Teller ist doch kaputt, Mama, wir brauchen einen neuen." Später bestand sie darauf, den Giraffenteller mit in die Vitrine zu stellen. Er stand dort bis zu ihrem 6. Geburtstag, ich legte bei der Geburtstagsfeier ihre Lieblingsplätzchen auf den Teller und räumte ihn später, ohne dass sie protestierte, in den Küchenschrank. Warum eigentlich? Inzwischen kann man die Giraffe kaum noch sehen. Ich ziehe den Teller aus dem hinteren Stapel im Schrank hervor, schneide mir einen Apfel, lege die Stücke auf den Teller und beginne, zu essen. Ich beschließe, den Teller mit der verblassten Giraffe danach in die Vitrine zu stellen.

Vorgestern war Betty doch noch hier bei uns, wenn sie nur wieder zu sich käme! Von mir aus soll sie doch ständig von ihren Träumen reden, wenn sie nur überhaupt wieder aufwacht! Ich fasse das alles nicht. Ich wollte die Nacht bei Betty am Bett verbringen, aber das ginge nicht auf der Intensivstation, sagte die Schwester. Peter ist am späten Nachmittag ins Büro gegangen, ob er arbeiten kann? Er kommt gar nicht wieder. Ich habe mir bei der Bank drei Tage Überstundenfrei genommen, mein Chef hatte sofort Verständnis, er war ziemlich nett, das hat mich bei ihm richtig überrascht, aber ich hätte sowieso nicht arbeiten können, und eine Halbtagskraft ist wohl auch nicht so schwer ersetzbar. Eben war meine beste Freundin hier, sie hat Tee gekocht und versucht, mich zu trösten, wir haben einen Spaziergang gemacht bis es dunkel wurde. Ich habe ihr von meinen unangenehmen Körpergerüchen erzählt und sie hat mir gestanden, dass auch sie manchmal den abgekühlten Schweiß in ihren Achselhöhlen abstoßend finde und bei fast jedem Einkauf ein neues Duschgel mitnehme. Zum Schluss haben wir sogar über uns selber lachen können.

Jetzt sitze ich hier. Mir fällt Sven ein, mein Bruder.

Ich habe ihn seit Jahren nicht gesehen und vor über einem Jahr zuletzt mit ihm telefoniert, ich suche seine Telefonnummer in meinem alten Adressbuch. Ob er dort überhaupt noch wohnt? In Amerika ziehen die Leute so oft um. Ich wähle die Nummer und habe einen Anrufbeantworter an der Strippe. Ist das seine Stimme? Ich erkenne kaum noch einen deutschen Akzent, kann nicht alles so schnell verstehen, höre irgendetwas wie: „If you want to leave a message..." Ich warte eine Weile, sage dann: „Hier ist Carolin, ruf mich doch mal an! Es hat sich etwas Schlimmes ereignet."

Ich sehe ihn vor mir, damals, als Vater und Mutter starben, mit seinen langen Haaren und dem traurigen Blick. Ich fühlte mich zunächst für ihn verantwortlich, er war erst 17 und ging noch zur Schule. Wir konnten dem Jugendamt gegenüber durchsetzen, dass wir alleine im Haus unserer Eltern leben durften, manchmal haben wir uns sehr gestritten und dann waren wir uns wieder sehr nahe. Ich machte diese Lehre bei der Deutschen Bank und musste immer sehr ordentlich gekleidet und pünktlich zum Dienst erscheinen, er ließ sich damals ziemlich gehen, sein Zimmer sah aus wie eine Müllhalde, und er rauchte Joints mit seinen Kumpeln. Manchmal beneidete ich ihn, aber die sachlich kühle Geschäftigkeit in der Bank gab mir auch Halt. Die großen Geldsummen, die dort bewegt wurden, faszinierten Sven, und um mich zu necken, entwickelte er immer neue Fantasien von spektakulären Banküberfällen. Bevor Vater und Mutter starben, kamen in seinen Geschichten immer wilde Verfolgungsjagden in schnellen Autos vor, danach hatten die Überfälle etwas Düsteres, der Bankdirektor wurde brutal erschossen, Geiseln wurden lange in dunklen Kellern festgehalten, bis die zwei Hauptakteure sicher unter neuer Identität auf einer Karibikinsel gelandet waren. Sie lebten dort in strahlendem Luxus unter Palmen, bis sie Jahre später durch eine Kette von Zufällen enttarnt wurden, aber schließlich aus Mangel an Beweisen freigesprochen wurden, denn sie hatten einen Staranwalt engagiert, der alle juristischen Tricks ausschöpfte. Er schien sich in den Geschichten mit den Bankräubern zu identifizieren, ich fand mich in der Rolle der Geisel wieder und stellte mir vor, wie sie noch nach Jahren das Gesicht ihres sterbenden Direktors vor sich sah und in den dunklen Verliesen ihrer Geiselnehmer zunächst panische Ängste durchmachte, aber dann eine seltsame Ruhe entwickelte. Als sie befreit wurde, wirkte sie stark und gab überraschend gefasste Interviews: „Ich hoffe für die Kinder des Bankdirektors, dass die Gangster gefasst und gerecht bestraft werden!" Sven sah mich betroffen an, umarmte mich und hatte Tränen in den Augen. Das war seine letzte Banküberfallgeschichte.

Obwohl seine Leistungen in der Schule ziemlich nachgelassen hatten, schaffte er das Abi. Er ging zum Studium nach Berlin, und ich heiratete Peter.

Heute habe ich Fred zum ersten Mal gesehen, er hat irgendwie Ähnlichkeit mit Sven, sein traurig verstörter Blick auf der Intensivstation hat in mir so plastisch eine Erinnerung wachgerufen, die ich für immer in den letzten Winkeln meines

Gedächtnisses vergraben wollte. Es war der Tag, an dem Vater starb. Mutter war direkt bei dem Unfall ums Leben gekommen, Vater hatte den Wagen gefahren und lag schwer verletzt im Krankenhaus, er hatte wenige wache Augenblicke und niemand traute sich, ihm zu vermitteln, dass Mutter tot war. Sven und ich saßen auf der Intensivstation an seinem Bett. Er öffnete die Augen, blickte zunächst ins Leere und sah mich dann an. "Hilde", sagte er kaum hörbar, und ich spürte einen Stich in meiner Brust. Ich nahm seine trockene Hand, beugte mich vor und antwortete: "Ich bin es, Carolin."

„Wo ist Hilde?", fragte er.

„Sie kann nicht kommen", sagte ich nach einer Weile und spürte, wie sich meine Kehle zusammen schnürte. Ich blickte Sven Hilfe suchend an, aber sein verstörter Blick signalisierte mir, dass er überfordert war. Tränen liefen ihm die Wangen hinab.

„War Hilde auch im Auto?" fragte er und riss erschrocken die Augen auf: "Ist sie tot? Carolin, bitte sag es mir!"

Er blickte mir direkt in die Augen und schien für einen Moment hell wach. Ich konnte die Tränen nicht mehr zurück halten und senkte den Kopf. Vielleicht sah es aus wie ein Nicken. An diesem Tag starb Vater. Ich habe nie mit Sven darüber gesprochen, aber diesen Wort- und Blickwechsel jahrelang immer wieder vor mir gesehen und mich mitschuldig an Vaters Tod gefühlt.

Als ich Fred heute Morgen gesehen habe, konnte ich kaum mit ihm reden, aber vielleicht sollte ich ihn jetzt anrufen. Ich greife zum Hörer und beginne, Bettys Nummer zu wählen, lege aber wieder auf.

Obwohl Peter noch nicht zu Hause ist, lege ich mich ins Bett. Wir haben seit einigen Jahren getrennte Schlafzimmer. Ich bin so übermüdet, dass ich trotz meiner Unruhe einschlafe. Ich träume von der Intensivstation: Neben Betty liegt ein älterer Herr mit weißen Haaren, ich stehe zwischen den beiden Betten, der Mann winkt mich zu sich, ich zögere, und er beginnt, ein Lied zu singen, seine Stimme klingt wunderschön. Ich fühle mich erleichtert, wende mich Betty zu und singe mit. Ich bin mir ganz sicher, dass Betty uns hören kann. Dann kommt Peter herein, er sieht viel jünger aus als in Wirklichkeit. Wir verstummen mit dem Lied. Peter gibt mir einen Haufen mit Formularen, die müsse ich noch heute ausfüllen, es sind Überweisungsträger und Kreditanträge, einige Papiere fallen auf den Fußboden, dort ist eine Blutlache. Ich mag die Formulare nicht mehr aufheben. Peter sieht mich verständnislos an, bückt sich und legt die schmutzigen Papiere auf Bettys Nachttisch.

Als ich aufwache, fühle ich mich besser, der Kopfdruck hat nachgelassen, ich ekele mich immer noch vor den blutverschmierten Papieren aus dem Traum, erinnere mich aber auch an das wunderschöne Lied, das etwas ganz Tiefes in mir anrührt. Peter ist schon wach, ich traue mich aber nicht, mit ihm beim Frühstück über meinen Traum zu sprechen. Ich bin beinahe erleichtert, dass er den Wunsch äußert, heute Morgen noch einmal in die

Firma zu gehen, so fahre ich zunächst alleine zum Krankenhaus.

Als ich gerade dabei bin, mir im Vorraum der Intensivstation die blauen plastiktütenartigen Überschuhe anzuziehen, spricht mich der Oberarzt an und bittet mich in ein Arztzimmer. An der Wand hängen große Leuchtschirme mit Röntgenbildern, mein Blick fällt unwillkürlich auf ein Schädelbild.

„Wir möchten Ihre Tochter heute noch operieren", eröffnet der Arzt das Gespräch. "Ich muss Ihnen ehrlich sagen, dass die Operation nicht ohne Risiko ist, aber es wäre noch gefährlicher, abzuwarten, denn es könnte erneut eine Blutung entstehen, außerdem möchten wir den Druck im Schädelinneren entlasten. Wir haben eine Eilbetreuung beantragt, damit jemand ihre Tochter im rechtlichen Sinne vertreten kann, möglicherweise kommt gleich ein Richter auf die Station, würden Sie oder Ihr Mann die rechtliche Betreuung übernehmen?"

„Ja, ich denke schon", antworte ich und spüre zugleich, wie sich mein Magen zusammenkrampft. „Was versprechen Sie sich von der Operation?", fahre ich fort und wundere mich über meine eigene Sachlichkeit, zugleich habe ich den Eindruck, dass sich die ganze Situation wie durch eine Mattscheibe gefiltert abspielt.

„Wir hoffen, dass Betty in den nächsten Tagen wieder zu sich kommt, der Hirndruck ist nicht so groß, dass man mit einem ganz ungünstigen Verlauf rechnen müsste, aber ihre Bewusstlosigkeit macht uns schon Sorgen. Wir haben auf diesem

Blatt wichtige Informationen bezüglich des Eingriffes zusammengefasst, vielleicht könnten Sie sich das durchlesen, ich komme dann gleich noch einmal auf Sie zu, jetzt werde ich auf der Intensivstation gebraucht."

Ich beginne zu lesen, beschließe dann aber, zunächst Peter anzurufen. Er sagt, er sei in einer halben Stunde im Krankenhaus. Ich lese weiter, aber es scheint mir doch wichtiger, zuerst zu Betty ans Bett zu gehen. Sie sieht ganz anders aus als gestern, sie hat keinen Schlauch mehr im Mund, der Beatmungsschlauch führt direkt zum Hals. Ihr Gesicht wirkt fast entspannt und sehr entrückt. Die Haare wellen sich auf einer Seite in Strähnen über das weiße Bettlaken. Ich streiche ihr über die Stirn und bin überzeugt, dass sie meine Hand spürt.

"Betty, meine liebe Betty, kannst du mich hören? Ich liebe dich und wünsche mir so sehr, dass du wieder aufwachst. Ich habe von dir geträumt, heute Nacht..." Ich beginne, ein Lied zu summen, setze mich auf den Stuhl, halte ihre Hand und sehe sie an. Für einen kurzen Augenblick sehe ich wieder meinen Vater in dem Bett auf der Intensivstation liegen und spüre, wie Panik in mir aufsteigt. Nein, Betty darf nicht sterben!

Als Peter in seiner eleganten Geschäftskleidung die Station betritt, wirkt er sehr mächtig, nur die Ränder unter seinen Augen und die leicht zusammen gekniffenen Lippen verraten mir seine Unsicherheit. Ich schildere ihm mein Gespräch mit dem Arzt, und er beginnt, das Informationsblatt genauestens zu lesen. Seine Lesebrille sitzt auf halber Nasenhöhe. Als der Arzt zurückkommt, beginnen die beiden, sehr sachlich über den geplanten Eingriff zu debattieren. Es fällt mir schwer, mich auf das Gespräch zu konzentrieren, und ich frage mich, ob Betty jetzt mitbekommt, dass wir über ihr Leben und ihren Tod sprechen. Wenn sie gerade träumt, muss es ein entspannter Traum sein, denn ihre Gesichtszüge wirken nicht aufgewühlt. Vielleicht schwebt sie in den Wolken und nimmt in der Ferne weit unter sich die geschäftigen Ärzte wahr, die ihr Leben retten wollen, vielleicht spürt sie auch ihre Eltern, die sich die Seele zermartern bei dem Gedanken, sie könne endgültig hinweg schweben. In diesem Moment beschließe ich, von jetzt an meine Träume aufzuschreiben, ich verspreche Betty in Gedanken, mit ihr - wenn sie aufwacht - über alle meine Träume und über ihre Erinnerungen an das Koma zu sprechen, es ist wie ein magischer Pakt, und ich spüre plötzlich eine große Gewissheit, dass sie wieder aufwachen wird. Ich male mir aus, wie wir dann auf eine völlig neue Weise miteinander sprechen werden, ich werde ihr viel mehr zuhören und zugleich ehrlicher über mich selber sprechen. Ich spüre eine große traurige Zärtlichkeit in mir. Was bringt es, immer die Mutter heraus zu kehren, als ob ich wüsste, was für sie das Beste wäre? Irgendwann schlägt eine Krankheit oder ein Unfall uns wie ein Blitz aus heiterem Himmel nieder, und das ganze Leben wird umgekrempelt, kein Atemzug ist mehr wie er war, das bloße Bewegen eines Beines wird zum Problem, und die Planungen brechen wie ein Kartenhaus zusammen. Bestimmt braucht Betty jetzt gerade ihre Träume viel mehr als alles Wissen aus dem Studium, um wieder aus dem Koma ins Leben zurück zu finden. Vielleicht brauchen auch Peter oder ich einmal ihre Sensibilität und ihre Offenheit für das Leben zwischen den Zeilen. Woher nehmen wir die Sicherheit, dass alles so weitergehen wird, wie bisher?

Ehrlich gesagt, Betty, stehe ich schon jetzt vor einem Trümmerhaufen. Was ist mein Leben noch, wenn du nicht mehr gesund wirst? Waren wir nicht viel zu eingemauert in unsere eigenen Sichtweisen und Rituale? Haben wir uns hinter unseren Geldscheinen und Statussymbolen verbarrikadiert oder haben wir uns ausreichend bemüht, dich – den Menschen, den wir so sehr lieben - zu verstehen?

Ich fühle mich plötzlich deutlich lebendiger und schalte mich in das Gespräch mit dem Arzt ein. Peter ist von meiner Bestimmtheit sichtlich überrascht. Ich will die rechtliche Betreuung übernehmen und der Operation zustimmen. Er widerspricht nicht. Es erscheint merkwürdigerweise selbstverständlich, dass ich diese Entscheidung fälle. Auf dem Heimweg sprechen wir über die geplante Operation, die Entscheidung erscheint uns richtig, Peter versucht, zuversichtlich zu sein. Über unsere Gefühle tauschen wir uns kaum aus. Peter erscheint mir fremd. Lieben wir uns noch?

Abends ruft Sven an, seine Stimme klingt so wohltuend, ich rede viel und weine und er hört zu.

Manche seiner Antworten erinnern mich ganz stark an Betty, diese Ähnlichkeit zwischen den beiden wird mir zum ersten Mal derart deutlich, so erzähle ich ihm ausführlich von Bettys Flucht in die Träume und von den Bildern, die sie in der letzten Zeit gemalt hat, und er bedauert es plötzlich sehr, dass wir uns so lange nicht mehr gesehen haben. Vielleicht hätte er sie besser verstanden als wir.

Nachts kann ich etwas besser schlafen und ich träume unzusammenhängende Fetzen, versuche sie morgens aufzuschreiben, das Heft hatte ich mir bereits gestern Abend zurechtgelegt:
Ich sitze mit Betty im Auto, es regnet in Strömen, ich kann die Straße kaum sehen, die Bremsen funktionieren nicht, ich trete und trete, aber der Wagen wird schneller. Wir drohen, vor eine rote Backsteinmauer zu fahren. Ich kann gerade noch das Lenkrad herum reißen, links von der Straße geht es steil bergab.
Paul, ein damaliger Freund von Sven, sagt im zweiten Traumfetzen: „Du bist viel zu brav." Und ich bin gekränkt und wütend und entgegne in scharfem Ton: „Du hast gar keine Ahnung, was ich durchmache." Ich weine und er sieht mich betroffen an, legt den Arm um mich und sagt: „Entschuldigung, ich meine ja nur, du könntest mehr aus dir machen."

Ich erinnere mich, wie Betty einmal sagte, es sei ganz wichtig, allen Einfällen zu den Träumen freien Lauf zu lassen, dann würde man die Träume besser und besser verstehen.

So versuche ich, meine Einfälle zum Traum mit aufzuschreiben, es dauert eine Weile, aber dann fällt mir recht viel ein: Paul war Svens Klassenkamerad. Ich mochte ihn damals sehr, er war mein erster Freund, er war fast drei Jahre jünger als ich, er las Jean Paul Sartre und ich Simone de Beauvoir. Paul, Sven und Betty stehen mehr zu ihren Gefühlen als Peter und ich. Ich habe mich immer mehr angepasst - dem seriös wirkenden Geschäftsstil bei der Bank und Peters Art, das Leben effektiv und erfolgsorientiert anzugehen, den Erwartungen unseres Bekanntenkreises, gepflegte Abendeinladungen zu geben und mich elegant zu kleiden. Ich genieße trotz meiner Halbtagsstelle ein ziemliches Ansehen bei der Bank, bin eine wohlhabende Ehefrau eines erfolgreichen Unternehmers. Bin ich zu brav? Betty ist jetzt so sehr in Gefahr und Sven war es früher, als wir zusammen lebten, auch manchmal. Ich versuche im Traum die Bremsen zu treten, aber sie funktionieren nicht. Wer bremst am Abgrund, wenn ich es nicht kann oder nicht will, wenn ich nicht mehr brav funktioniere? An welchem Abgrund überhaupt? An Bettys Absturz in Traumwelten und Koma? Oder geht es hier etwa auch um Peters und meine eigene, nur scheinbar Schutz bietende Mauer der Herkömmlichkeiten, die mit einmal einstürzen könnte? Tut sich dahinter ein ganz anderer Abgrund auf? Ich habe Angst und Sehnsucht, spüre mit einmal beides sehr intensiv, mir treten Tränen in die Augen.
Ich bin überrascht, wie viel in meinen Traumfetzen steckt. Als ich Peter vor meiner Zimmertür höre,

klappe ich wie ein ertappter Teenager das Heft zu. Ich kann jetzt mit Peter unmöglich über meine Träume reden, er würde ausflippen.

Wie schön wäre es, wenn er jetzt einfach auf mich zu käme und mich zärtlich umarmte, aber weder er noch ich überwinden die Distanz. Wir haben seit einigen Monaten nicht mehr miteinander geschlafen. Peter hatte vor einem Jahr auf einer Dienstreise eine Affäre mit einer jüngeren Kollegin, ich habe durch Zufall davon erfahren. Ich hatte mir nie vorstellen können, was eine solche Enthüllung in mir auslösen würde. Nach der ersten Wut und Kränkung blieb ein bohrendes Gefühl von Leere und Entfremdung übrig, das bis heute andauert. Er behauptet, es sei vorbei und habe ihm rückblickend wenig bedeutet, aber ich weiß nicht, ob er ehrlich ist. Es klingt so, wie das übliche Klischee. Warum sollte uns das erspart bleiben? Ist unsere Ehe etwas Besonderes? Wir sind überhaupt schon seit langem nicht wirklich ehrlich zueinander. Ich hatte mir als junges Mädchen immer eine Ehe gewünscht, in der man sich über die Tiefen seiner Gedanken austauscht, eine eigene, vielleicht sogar ein wenig poetische Sprache findet, die in sich immer mehr vertiefenden Gesprächen das trifft, was man wirklich denkt und empfindet, aber unsere Gespräche sind mit den Jahren immer vorhersehbarer geworden, wie bequeme Rituale über Beruf und Alltag. Wenn der Austausch ritualisiert, dann verlieren auch die Gefühle an Kraft, ich hatte mir das vor Peters Affäre nicht wirklich eingestanden, wir haben uns jahrelang mit aufwendigen Urlauben und gepflegten

Wochenendunternehmungen unterhalten, seit Betty ihre eigenen Wege zu gehen begann. Vorher stand Betty - unsere kleine Prinzessin - im Mittelpunkt. Und jetzt, wo Betty im Koma liegt, finden wir schwer Worte, uns gegenseitig in unserem Schmerz aufzufangen. Gibt es überhaupt Worte, die diese Ohnmacht erträglich machen könnten?

Heute wird Betty operiert, banges Warten im Vorraum des OP-Traktes, durchschwitzte Bluse, ab und zu ein Erinnerungsfetzen: Wie sie als Vierjährige nach einem Regenschauer die Schnecken auf den Wegen betrachtete und ganz vorsichtig und behutsam vermied, auf eine der Schnecken zu treten, das Bild wird für einen Augenblick so lebendig, dass ich plötzlich spüre, wie sie als kleines Mädchen an meiner Hand ging und fröhlich ohne Punkt und Komma schwatzte. War das damals das Glück?
Gestern Abend haben sie Betty die Haare abgeschnitten und mit einem violettfarbigen Stift Punkte auf ihren Kopf gemalt, sie sah inmitten all der Apparate auf der Intensivstation aus wie eine Figur aus einem Science Fiction Film, wie eine Frau, die man schlafen gelegt hat, um sie in einer völlig anderen Zeit wieder aufwachen zu lassen.
 Die OP Tür geht auf, ein junger Arzt mit auffälliger Brille streift seinen grünen Mundschutz ab, er kommt auf mich zu: „Frau Schulz?"
 Ein Stich durchfährt mich. „Was ist mit Betty?"
 „Die Operation ist ohne Komplikationen verlaufen, wir sind optimistisch. Betty ist im

Überwachungsraum, sie können jetzt noch nicht zu ihr, am Besten, sie gehen für ein paar Stunden nach Hause. Gönnen sie sich ein bisschen Ruhe!" Seine Sätze klingen wie einstudiert.

Mir laufen Tränen die Wangen hinab.

„Ja, ist gut", sage ich. Der Arzt wirkt etwas hilflos. Mir kommt es in diesem Moment so sinnlos vor, wie wir alle unsere Rollen spielen.

Ich gehe durch eine Glastür, die sich auf Knopfdruck automatisch öffnet, in Richtung Ausgang, es riecht nach Krankenhaus „ohne Komplikationen", sinniere ich: „Wann wird sie aufwachen?"

Draußen ist es sehr heiß, die Sonne blendet. Mein Auto hat sich auf dem Parkplatz enorm aufgeheizt, ich schalte die Klimaanlage ein. Es fällt mir schwer, mich auf den Verkehr zu konzentrieren. Mir fällt mein Traum mit den nicht funktionierenden Bremsen ein, ich habe Ähnliches schon öfter geträumt, für einen Moment glaube ich, die Bremsen seien wirklich defekt und bin erleichtert, als der Wagen ohne Probleme vor der Ampel zum Stehen kommt. Hinter mir hupt jemand. Rechtsabbieger haben grün, ich fahre los. Der ungeduldige Autofahrer überholt mich und macht eine herablassende Geste. Mir fällt die Bemerkung unseres skandinavischen Praktikanten ein, in Deutschland seien die Autofahrer so ungeduldig und aggressiv. Er hat Recht. Beatrice, meine junge Kollegin, hatte daraufhin geantwortet, sie habe gelesen, es gäbe einen Zusammenhang zwischen dem Fahrstil der Männer und ihrem Verhalten im

Bett. Unser Praktikant wurde ein wenig rot, aber antwortete schlagfertig, dann müsse es ja viele unzufriedene Ehefrauen in Deutschland geben, dann habe er ja gute Chancen. Er blickte forschend von Beatrice zu mir und wieder zurück zu Beatrice. Auch ich errötete leicht.

Könnte ich mir eine Affäre mit einem wesentlich jüngeren Mann vorstellen? Ich muss wieder an meinen Traum von heute Nacht denken: Haben die Bremsen, die ich heute Nacht treten wollte, vielleicht viel eher etwas mit meiner Sehnsucht nach erotischen Erlebnissen zu tun? Ich spüre den aufkeimenden Wunsch, unseren Praktikanten zu verführen, mit den Konventionen im Geschäftsgebahren der Bank zu brechen und mich für Peters Seitensprung zu revanchieren. Kann ich überhaupt ungezwungen mit einem jüngeren Mann flirten, und das noch bei der Bank, wo ich die respektierte, korrekte Ehefrau des erfolgreichen Unternehmers bin? Oder bin ich dazu viel zu brav? Würde ich mich von möglicher Mitwisserschaft der Kollegen oder hämischem Gerede, wenn die Affäre zu Ende geht, einschüchtern lassen? Der Traum steht wieder mit ungeahnter Intensität vor mir. Werde ich jetzt kindisch? Betty ist gerade operiert worden, und ich träume von erotischen Abenteuern mit jungen Männern. Darüber kann ich unmöglich mit Betty sprechen!
Vor mir steht ein BMW am Straßenrand, neben mir rollt dichter Verkehr, ich muss abrupt abbremsen, ich sollte mich lieber mehr auf den Straßenverkehr konzentrieren!

Ich kann mich kaum erinnern, wie ich nach Hause gekommen bin.

Drei Stunden später klingelt das Telefon.
„Guten Tag, Frau Schulz, hier ist Schwester Elke von der Intensivstation, Sie sind doch die Mutter von Betty?"
Ein Schreckensstich fährt mir durch die Brust. „Ja, was ist mit Betty?", frage ich gepresst.
„Wir haben gute Nachrichten, sie hat eben die Augen geöffnet und zu sprechen versucht."
„Kann ich zu ihr? Ich komme sofort zurück ins Krankenhaus!"
„Ja, Sie können kommen."
Peter hat mitgehört. „Sie hat die Augen geöffnet und zu sprechen versucht", teile ich ihm strahlend mit. Ich bin froh, dass er da ist. Er macht einen Schritt auf mich zu, und wir umarmen uns. „Ich komme mit!", sagt er mit weicher Stimme. Seine Umarmung tut mir gut, und der Klang seiner Stimme berührt mich tief. Wir fahren in seinem Mercedes zur Klinik, ich sinke tief in den bequemen Beifahrersitz und bin froh, dass ich nicht wieder fahren muss.

So war es immer zwischen Peter und mir: Wenn mir Zweifel an unserer Ehe kamen, dann traten kurze Zeit später Situationen ein, in denen ich mich durch seine Kompetenz und Selbstsicherheit beschützt fühlte, in denen ich das Gefühl genoss, mich an seiner Seite zurücklehnen zu können. Peter war nie meine ganz große Liebe, aber er hat mir die Sicherheit gegeben, die ich nach Vaters und Mutters Tod so schmerzlich vermisst habe, er ist

Betty ein guter Vater, er ist erfolgreich, gepflegt und angesehen. Viele beneiden mich um meine Ehe, aber Betty wirft mir vor, mich zu sehr abzusichern und das Leben darüber zu vergessen.

Vielleicht verführen uns ja in einem Kreislauf unerfüllten Verlangens unsere Mütter dazu, ihre eigenen tief verborgenen Sehnsüchte zu empfinden und zu leben. Vielleicht habe ich selber mit meiner Ehe den Mann gewählt, den meine Mutter sich immer gewünscht hätte. Schade eigentlich, dass sie Peter nie kennen gelernt hat! Mein Vater war liebenswürdig, weniger stattlich und erfolgreich als Peter und oft geistesabwesend. Als ich 15 war, führte er mit meinen Freunden und mir philosophische Diskussionen. Wir saßen manchmal lange abends am Küchentisch. Vielleicht waren das die Momente, wo ich mich ihm am nächsten fühlte. Meine Freundin war damals sehr von ihm beeindruckt, vielleicht sogar ein wenig in ihn verliebt.
Ich habe nie wirklich nachgeforscht, wie es damals zu dem Unfall gekommen ist. Hatte er Schuld? Mich ergreift eine unbestimmte Angst im Auto, es ist, als ob ich neben meinem Vater in unserem alten Opel säße. Er bringt mich zur Schule. Ich bin noch müde, mag nicht aus dem warmen Auto in die kalte, verregnete Morgenluft aussteigen.
„Wie gut, dass wir der Operation zugestimmt haben! Ich danke dir für deine Entschlossenheit", sagt Peter plötzlich.
Ich blicke ihn geistesabwesend an. Er hat Tränen in den Augen. Seine Anerkennung tut mir gut, aber

ich kann es ihm nicht mitteilen.

„Hoffentlich erkennt sie uns", antworte ich nach einer Weile.

„Ja", antwortet er „hoffentlich wacht sie wieder richtig auf, unsere kleine, große Prinzessin. Ich weiß nicht, was ich sonst tun würde."

Betty

Mein Blick fällt von oben auf die Intensivstation,
vier Personen in weißen Kitteln stehen um mein
Bett, sie nehmen meinen Kopf und strecken ihn
zurück, jemand drückt meinen Kiefer energisch
nach unten, man schiebt mir ein kühles silbernes
Gerät und einen Schlauch in den Mund und immer
tiefer in den Hals hinein, jemand sticht eine große
Nadel von außen in meinen Hals, es piekt nur ganz
wenig, eine Schwester rennt hin und her, alle
manipulieren an meinem Körper herum, er liegt
leblos da, wie eine Hülle, mit der ich kaum noch
etwas zu tun habe. Es ist nicht wirklich mein
Körper. Alles erscheint in einem merkwürdig
gedämpften Licht. Wozu diese Hektik? Ich fliege,
ich bin unendlich leicht, körperlos. Vor mir ist ein
kurzer Tunnel mit einem aus riesigen antiken
Steinblöcken gemauerten Eingang, auf der anderen
Seite des Tunnels ist es ganz hell, ein strahlendes
Weiß, ein unglaublich strahlendes Weiß. Jemand
steht dort und winkt. Er wirkt unendlich sanft und
frei und sicher. Ich möchte zu ihm fliegen, er hat
einen großen, blauen, samtweichen Mantel, es ist
der Mantel, der alles in Geborgenheit hüllt,
niemand braucht sich zu fürchten, alles wird gut.
Aber ich lande im Tunnel. Es ist kühl. Der Boden ist
sandig. Eine magische Kraft zieht mich wie an
unsichtbaren Fäden zurück. Ich gehe sehr langsam

rückwärts, ohne wirklich meine Beine zu spüren. Der Mann schließt seinen Mantel. Es ist o.k.: "Du hast noch Zeit, die ganze Zeit der Welt", sagt er mit einer tiefen, beruhigenden Stimme. Auf der Intensivstation beeilen sich die Ärzte und Schwestern unglaublich, um mein Leben zu retten, sie wollen mich in ihre Welt zurückholen, nun gut.

Ich sitze in meinem alten Kinderzimmer, das Bett steht genau dort, wo es immer gestanden hat. Gegenüber von meinem Bett im Sessel sitzt gelassen ein Mann, er raucht gemächlich eine Pfeife, ich weiß, dass es mein Großvater ist, den ich nie gekannt habe, er blickt mich durch den Pfeifenqualm wissend an. „Betty, du kannst in diesem Augenblick genau sehen, wie beschränkt wir alles auf der Welt in unsere engen Maßstäbe und Kategorien einordnen und wie sehr wir uns einbilden, Recht zu haben und furchtbar viel zu wissen, wie jeder versucht, sich einzureden, er sei besser als die anderen, wie jeder sich an sein kleines Ego klammert und es unglaublich aufbläht, und du gehst zurück in diese Welt mit einem Traum im Gepäck und einem Lächeln auf den Lippen. Betty, ich liebe dich, obwohl ich dich auf der Welt niemals kennen lernen durfte."
 Ich spüre eine unglaubliche Kraft und Heiterkeit in mir. Der Mann ist plötzlich verschwunden. Ich bin wieder allein in meinem Kinderzimmer und fühle mich zugleich mit meinem Großvater und seinem jenseitigen Wissen auf eine ganz besondere Weise verbunden. Es ist, als ob ich einen kleinen Zipfel der großen Wahrheit in meinen Händen hielte:

Alles hängt mit allem zusammen; die Einsamkeit, die wir manchmal empfinden, ist nur eine zu enge Perspektive, in der wir wie gebannt auf unser kleines Ego starren. Wir bräuchten nur loszulassen und könnten unsere Eingebundenheit in die großen Kreisläufe des Lebens spüren. Die Toten wissen das.

Schwere Zunge - klebt wie ein dicker Lappen im Mund. Durst. Grelles Licht, so mühsam, die Augen zu öffnen. Es piept. Warum hört das Piepen nicht auf? Wo bin ich? Müde - unendlich müde ...
Durst. Durst. So schwere Lippen. Tonlos flüsternde Stimme.
Ich bin in der Wüste, es ist heiß, ein Windstoß weht meinen weißen Strohhut davon, ich versuche, hinterher zu laufen, aber die Füße sinken im Sand ein, es ist so mühsam zu laufen, die Beine sind ganz schwer, das rechte Bein steckt im Sand fest. Der Kopf schmerzt von der Hitze. Ich bin wütend, weil Fred mich hier alleine gelassen hat. Er hat die Flaschen mit dem Sprudel mitgenommen. Ein Beduine mit schwarzem Bart und dunkelbraunen Augen taucht auf und redet in einer unverständlichen Sprache. Ich zeige auf seine bunt bestickte Umhängetasche und will ihn fragen, ob er Tee hat. Er versteht mich nicht und geht wieder. Ich will rufen, aber habe keine Stimme: „Durst!"
Plötzlich tauchen zwei Gesichter vor mir auf. „Sie wacht auf!" Die Gesichter blicken sich an und dann wieder zu mir: "Betty Schulz, können Sie mich hören?"
 Was wollen die von mir? Wo ist der Tee? Warum

blicken die mich so an? Warum dieser Finger vor meinem Gesicht? Die Gesichter verdoppeln sich und verschwimmen dann ganz. „Durst."
„Sie versucht zu sprechen."
Verstehen die mich denn nicht? Es ist so mühsam, die Augen offen zu halten. Müde, unendlich müde. Apparate, Weißbekittelte, diese Hektik...Warum bringt mir keiner was zu trinken? Die Zunge klebt.

Ich bin in einer Raumfähre, liege auf einer schmalen Metallpritsche, die Fähre jagt durch das All. Draußen ist alles dunkel. Ich bin auf einer Seite an der Pritsche festgebunden, um mich herum sind Messgeräte, eines piept ständig. Ein Astronaut kommt auf mich zu und sagt: „Wir wollen herausfinden, ob du ohne Beatmungshelm genug Luft kriegst."
Ich bekomme Angst und rufe: „Ich bin doch kein Versuchskaninchen!" Ich habe nur eine ganz leise Stimme, niemand hört mich. Jemand nimmt meine Hand, es tut so gut, in dieser Raumfähre menschliche Wärme zu spüren. Ich öffne die Augen:
„Mama!"
Meine Mutter strahlt mich an, ihr Gesicht wird aber sofort unscharf:
„Betty, meine Betty, wie schön, dass du wach wirst!" Sie fährt mir mit der Hand über die Stirn, wie damals, als ich ein kleines Mädchen war und mit Fieber im Bett lag. Diese mütterliche Hand tut wahnsinnig gut. Ich glaube, mein Vater steht hinter ihr. Ich versuche, ihn zu erkennen. Er sieht so ernst aus. Was ist passiert? Ich bewege die trockene

Zunge im Mund.

„Hast du Durst? Warte, ich hole dir was zu trinken?" Mein Vater dreht sich um und geht weg. Ich bin so müde.

„Sie darf noch nichts trinken", sagt eine Frauenstimme. Plötzlich taucht ein Schwamm auf, die Wassertropfen auf meinen Lippen sind wunderbar, ich versuche sofort, an dem Schwamm zu saugen, ein wenig von dem rettenden Nass zu erbeuten, aber der Schwamm wird weggenommen. Ich lecke mit halbtrockener Zunge über die Lippen

„Betty, kannst du mich hören?" Mein Vater blickt mich an, sein Gesicht kommt näher, verschwimmt, ich atme den wohlbekannten Duft seines Parfüms ein, es tut gut.

„Du riechst gut!" Meine Stimme ist heiser und kraftlos, der Hals schmerzt. Da ist ein Verband am Hals. Mein Kopf dröhnt, er ist wie eingezwängt.

„Wo bin ich?"

„Was hast du gesagt, mein Liebes? Ich kann dich kaum verstehen, Betty."

Alles ist so mühsam. Ich bin müde. Die Augen fallen zu.

Meine Mutter sitzt am Bett und blickt mich an, ich kann sie jetzt genau erkennen, sie ist ungeschminkt, ihr Gesicht sieht ganz anders aus.

„Ich habe meinen Großvater getroffen", versuche ich zu sagen, aber ich kann nur flüstern. Sie blickt mich erschrocken an.

„Hast du etwas gesagt, Betty?"

Warum versteht mich denn niemand? Das Sprechen ist so anstrengend.

„Großvater habe ich getroffen."

"Großvater?"

„Deinen Vater."

In Mamas Gesicht spiegeln sich zugleich Neugier und Angst. Ich möchte weiter sprechen, aber es ist so mühsam.

„Erzähl mir bitte etwas von deinem Vater", sage ich mit meiner tonlosen Flüsterstimme.

Mama stutzt zuerst, aber nach einer Weile beginnt sie:

„Ach Betty, du wachst aus dem Koma auf und stellst mir gleich so eine Frage. Willst du das wirklich jetzt hören?"

Ich nicke, mein Kopf schmerzt, und sie fährt fort:

„Vater hat es nicht leicht gehabt im Leben, er musste mit 17 in den Krieg, wurde verwundet und hat nur knapp in einem Gefangenenlager überlebt. Er wollte immer Lehrer werden, aber nach dem Krieg hat er eine Ausbildung bei der Stadt gemacht, vielleicht, weil er sich nach seiner Verwundung ein Studium nicht zutraute. Später wollte er ein Buch schreiben, ich glaube, die Hauptperson war ein Lehrer, aber der Unfall kam dazwischen, bei dem Vater und Mutter gestorben sind."

Hier macht meine Mutter eine Pause, sie hat Tränen in den Augen:

„Er lag auf der Intensivstation und hat durch mich erfahren, dass Mutter bereits tot war."

Ich sehe meinen Großvater in meinem Kinderzimmer vor mir, er nickt mir wohlwollend zu, er sieht gar nicht so geschunden aus, wie Mama erzählt:

84

„Mutter, ich liebe dich!", sage ich leise in ihre Tränen hinein, „deinem Vater geht es gut." Ich weiß nicht, ob sie den zweiten Teil verstanden hat, sie beugt sich über mein Bett und umarmt mich: „Ich liebe dich auch und bin so froh, dass du wieder aufgewacht bist! Ein Blutgefäß ist in deinem Kopf geplatzt, sie haben dich operiert, und du warst eine Weile bewusstlos."

Jetzt spüre ich wieder den dröhnenden Kopf, ich fasse an den Verband und spüre einen stechenden Schmerz.

Ein Arzt tritt an mein Bett. Er möchte mich untersuchen. Er beklopft mich mit seinem Reflexhammer und fragt mich immer wieder, ob ich dies oder das spüre, mein rechtes Bein ist etwas taub. Als er mich bittet, die Beine zu bewegen, ist das rechte Bein ganz schwer.

„Bin ich gelähmt?" Mein Kopf dröhnt wieder, das Gesicht des Arztes verschwimmt.

„Sie waren in Lebensgefahr, Frau Schulz, Sie hatten eine Gehirnblutung, wir sind so froh, dass wir Sie retten konnten. Ihr rechtes Bein ist allerdings paretisch, aber wir wollen abwarten, wie es sich entwickelt. Im Moment müssen Sie ohnehin Bettruhe einhalten, aber Sie werden Krankengymnastik erhalten."

„Was heißt paretisch?", fragt meine Mutter.

„Das ist so etwas wie eine Schwäche oder eine Lähmung, wir müssen abwarten", antwortet der Arzt.

Der Arzt blickt mir noch mit einer grellen Lampe in die Augen, meine Kopfschmerzen werden stärker. Ich versuche, das Bein zu bewegen. Es geht nicht.

Gelähmt? Muss ich in den Rollstuhl? „Du gehst zurück mit einem Traum im Gepäck und einem Lächeln auf den Lippen", hat mein Großvater gesagt. Was ist denn, wenn ich nicht mehr gehen kann oder ein gelähmtes Bein habe, dass ich unbeholfen auf Krücken hinter mir her ziehe? Die aufkommende Angst steigt mir durch die Brust in den Kopf, lässt dann aber irgendwie wieder nach: Ich werde wieder richtig gehen, er hat „du gehst" gesagt. Tote lügen nicht, sie brauchen ihr kleinliches Ego nicht ständig mit Anerkennung zu füttern, ihre Zeit ist vorbei.

Meine Mutter ist immer noch da:

„Betty, wir müssen abwarten, es kann sich wieder bessern!" Sie versucht, zuversichtlich zu sein.

„Ich weiß, Mama", sage ich. Ich bin plötzlich sehr müde. „Bringst du mir morgen ein Bild von Großvater mit? Ich möchte jetzt schlafen."

Es interessiert mich brennend, ob er wirklich so aussah, wie im Traum. Kann ich weiterhin mit ihm in Kontakt bleiben? Ich möchte noch oft mit ihm reden, sehe ihn wieder vor mir in seiner jenseitigen Gelassenheit.

Als Mama weg ist, versuche ich wieder, mein Bein zu bewegen, es ist sehr schwer, liegt wie eine überdimensionale Wurst im Bett. Ich habe den Eindruck, dass es ein wenig zuckt.

Mein Großvater liegt auf dem Schlachtfeld, sein Bein blutet, er versucht selber, die Wunde abzubinden. Ich will ihm helfen, aber da kommt ein junger Arzt hinzu. Er sagt: „Wir müssen die Kugel heraus operieren." Man bringt meinen Großvater ins Lazarett. Über uns fliegen Düsenjäger. Ich halte mir die Ohren zu. Einer der Düsenjäger stürzt ab und explodiert am Boden. Der Pilot stirbt. Meine Mama weint.

Ich werde wach, als die Schwestern beginnen, mein Bett wegzuschieben, sie rollen mich durch die langen Krankenhausflure zum CT, heben mich auf eine enge Pritsche, die sich Schritt für Schritt in eine große Röhre hinein bewegt. Sie haben mich mit breiten weißen Gurten fest geschnallt. „Bitte nicht bewegen und die Augen schließen!" Ich vernehme ein gleichmäßiges lautes Summen, und trotz der Decke ist mir kalt. Ich bin wieder in einem Tunnel, dieses Mal aber im kalten Tunnel der medizinischen Technik, ich darf die Augen nicht öffnen, ich bin ganz alleine in dieser Röhre und bekämpfe ein Gefühl aufkommender Panik. Niemand breitet mir hier einen samtweichen Mantel aus. Im Krankenhaus wird der Tod wirkungsvoll bekämpft, hektisch und mit allen technischen Raffinessen, aber kaum einer macht sich hier ein Bild davon, wie die Menschen wirklich sterben, der Tod ist hier so etwas wie eine peinliche Panne, die man mit allen Mitteln zu vermeiden sucht, und tritt er doch einmal ein, so ist man bestimmt völlig sprachlos. Die Worte meines Großvaters verhallen ungehört, der Tod erscheint zwischen all diesen medizinischen Apparaten wie ein großes Nichts, über das niemand spricht, weil es hier zwischen technisch ausgeklügelten Großgeräten an Computermonitoren überhaupt keine Sprache gibt, die ihn begreifen könnte. Aber sie haben mir das Leben gerettet, ich bin nicht gestorben! Eigentlich braucht man vor dem Tod gar keine Angst zu haben, trotzdem bin ich plötzlich sehr froh, dass ich weiter leben darf. Ich lebe ein geschenktes Leben. Die, die meine Träume vermutlich am wenigsten verstehen und sich kaum Zeit gönnen, inne zu halten, haben es gerettet. Wow!

Die Schwestern, die mich zurückbringen, sind freundlich, aber die ältere wirkt geschäftig und die jüngere - bestimmt noch eine Schülerin - zugleich unsicher und wenig echt. Ihre Stimmen klingen ein wenig zu laut. Haben sie schon viele Menschen sterben sehen? Was wissen sie von den Toten, die hier auf dieser Station gestorben sind? Träumen sie manchmal von ihnen? Sie finden keine Zeit, meine ungestellten Fragen zu hören.

Die Nacht ist lang auf der Intensivstation, ich schlafe flach, im Flur brennen Leuchtstoffröhren, das Licht ist so grell. Schwestern, Pfleger und Ärzte hantieren immer wieder an der Infusionsnadel und messen den Blutdruck oder lesen die Urinmenge ab, die in einen Beutel an meinem Bett tropft, ich habe immer noch einen Schlauch in der Blase, fühle mich wie angebunden. Ich wache immer wieder auf, mein Kopf dröhnt, sie bieten mir eine Erhöhung der Schmerzmittel an, ich stimme zu, wenigstens darf ich ein wenig trinken. Ich will hier raus.

Ein weiß gekleideter junger Mann mit tief schwarzem, in Strähnen vom Kopf abstehendem

Haar und stechendem Blick tritt an mein Bett. Er sagt, er sei Physiotherapeut und wolle mit mir Bewegungsübungen machen. Er sieht weder so gehetzt noch so gekünstelt aus, wie manche der anderen, es kommt mir vor, als sei er einer der wenigen, die hier an diesem Ort des Kampfes um Leben und Sterben mit dem Tod gesprochen haben. Er wirkt so wissend.

„Ich habe meinen verstorbenen Großvater gesehen", sage ich zu ihm.

„Hat er etwas gesagt?", fragt er interessiert.

„Ja, er hat etwas von der Beschränktheit unserer egozentrischen Sicht gesagt, und dass er mich liebt, und dass ich zurück in die Welt gehe mit einem Traum im Gepäck und einem Lächeln auf den Lippen."

„Wow", sagt er. „Ich werde dir helfen, wieder zu gehen. Ich darf doch du sagen, oder? Ich heiße Frank. Und du könntest mir vielleicht etwas von deinem Traum im Gepäck und deinem Großvater erzählen."

Ich lächele ihn an und spüre, wie sich mein Gesicht aufhellt und trotz des Verbandes und des dumpfen Druckes ein wenig löst: „Ohne meine Träume würde ich innerlich austrocknen." Ich fühle mich plötzlich viel besser.

„Ja", sagt er: „Unsere innere Welt ist so voll; ich brauche immer wieder die Einsamkeit und ruhige Orte, um dem Alltagslärm und dem sinnlosen Gequatsche zu entfliehen."

Er massiert mir zuerst mit sanften Händen durch die Gummistümpfe das gesunde Bein und berührt dann das Wurstbein, das gar nicht so richtig zu mir gehört.

„Spürst du das?", fragt er.

Ich glaube ein leichtes Kribbeln zu spüren.

„Ich weiß nicht", antworte ich, „es ist so anders, wie eine dicke Wurst in einer Strumpfpelle, und es kribbelt ein bisschen."

„Ein Bratwurst oder eine Knackwurst?" fragt er lachend.

„Eine dicke Weißwurst." Auch ich muss ein wenig lachen.

Er beginnt, meinen Fuß zu bewegen.

Als er weg ist, vermisse ich ihn sofort. Er sagte, er käme morgen wieder.

Ich werde auf eine andere Station verlegt. Neue Gesichter, eine Bettnachbarin, ein Fernseher und ein Telefon im Zimmer, es gibt einiges zu regeln, Mama nimmt das in die Hand, ich bin froh, dass sie da ist. Ob Frank wohl auch auf die neue Station kommt? Ich habe immer noch einen ziemlich großen Verband am Kopf, wenn ich mich auf die Seite lege, wird es echt unangenehm.

Plötzlich steht Fred an meinem Bett. „Hallo", sagt er unsicher. Zögerlich beginnen wir ein Gespräch. Es macht mich traurig, ihn zu sehen. Ich rede wenig. Wir waren uns so nah, und jetzt steht er mit schlechtem Gewissen an meinem Bett, ist nett und besorgt, aber nicht wirklich bei mir. „Was macht deine Hausarbeit?" frage ich. „Ich habe eine Eins bekommen", sagt er, „ich glaube, du hast mir geholfen, mehr in die Tiefe zu gehen." Mir steigen die Tränen in die Augen: „Und trotzdem wolltest du weg." Er nimmt meine Hand. „Ich weiß auch nicht", sagt er „ Gefühle sind so verwirrend, mal sehne ich mich nach Tiefe und Echtheit und einer völlig neuen Lebensweise, und dann wieder gefällt mir das stinknormale Leben mit gedecktem Frühstückstisch, Inlineskating und Kinobesuchen mit meinen Freunden."

„Mein rechtes Bein ist gelähmt", sage ich.

„Für immer?", fragt er erschrocken.

„Ich weiß nicht, vielleicht hilft mir Frank, wieder auf die Beine zu kommen. Er ist Physiotherapeut; wenn einer mir hier helfen kann, dann er, oder mein Großvater, dem bin ich begegnet.

„Ich wusste gar nicht, dass du noch einen Großvater hast."

„Er ist gestorben, bevor ich zur Welt kam." Ich spüre plötzlich den Wunsch, das Gespräch zu beenden. Zum Glück kommen gerade ein paar Weißkittel zur Tür rein. Mit etwas zu lauter Stimme und leicht gekünstelter Fröhlich-Freundlichkeit fragt mich ein junger Arzt, wie es mir geht. Die Schwester bittet Fred aus dem Zimmer.

„Ganz gut", sage ich.

Der Arzt schaut in einen Hefter und beginnt dann, meine Beine zu untersuchen. Als er die Wurst bewegt, spüre ich eine Art Schwere. Er klopft mit einem Reflexhammer auf meine Knie und Füße, auch die Wurst bewegt sich, ich sehe ihn fragend an.

„Wir müssen abwarten", sagt er. „Haben Sie noch starke Kopfschmerzen?" Erst jetzt merke ich, dass die Kopfschmerzen ganz weg sind. „Nein, im

Moment nicht."

„Das sieht ja ganz gut aus, wir können vorsichtig mit der Mobilisation beginnen", sagt er zu der Schwester. „Und der Blasenkatheter kann gezogen werden." Die Weißbekittelten wenden sich meiner Bettnachbarin zu.

Fred bleibt nach der Visite nicht mehr lange. Und meine Bettnachbarin will hinterher wissen, ob Fred mein Freund ist. „Mein Ex-Freund", sage ich.

Ich fahre mit Fred und Frank in einem Boot. Frank hat ein schwarzes T-Shirt mit einem aufgedruckten fluoreszierenden Totenkopf an, und Fred fragt ihn, ob er an ein Leben nach dem Tod glaube. Frank lächelt viel sagend und sieht mich an. Oben aus einer Wolke sieht Großvater uns zu, er hat weiße Haare und einen weißen Bart. Ich breite die Arme aus und rufe: „Großvater, sag du es ihnen!" Aber es kommt ein Sturm auf, das Boot beginnt zu schaukeln und Fred ruft: „Lass uns zurück fahren, ich will jetzt nicht am eigenen Leibe erfahren, ob es wirklich ein Leben nach dem Tod gibt. Ich habe mich zum Skaten verabredet." Großvater ist weg. Frank nimmt mich in den Arm, und Fred rudert das Boot ans Ufer. Ich fühle mich sicher in seinen Armen. „Hast du Großvater gesehen?", frage ich ihn. Er antwortet nicht. Der Totenkopf auf seinem T-Shirt leuchtet.

Mama bringt tatsächlich ein Bild von Großvater mit. Er sieht anders aus, als ich dachte, ein wenig traurig und müde.

„Hast du ihn wirklich gesehen?", fragt sie.

„Er sah anders aus, aber er war es. Da bin ich mir ganz sicher. Glaubst du mir?"

„Betty", sagt sie „ich liebe dich. Manchmal macht mir das, was du sagst ein wenig Angst, aber als du so da lagst im Koma, da ist mir klar geworden, dass ich mir viel mehr Mühe geben möchte, dich zu verstehen. Du bist ein wundervoller Mensch." Sie streicht mir über die Stirn und hat Tränen in den Augen.

Wieder kommt eine Schwester rein und schickt meine Mutter raus. Sie zieht mir den Blasenkatheter, es brennt ein wenig. Ich soll schellen, wenn ich muss. „Gleich kommt der Physiotherapeut, er soll mit Ihnen aus dem Bett aufstehen", sagt sie noch.

Ich möchte mit Frank alleine sein, ohne Mama und ohne die Bettnachbarin. Ich möchte ihn fragen, ob er an ein Leben nach dem Tod glaubt.

Aber Frank kommt gar nicht, an seiner Stelle kommt eine Frau.

„Wo ist Frank?", frage ich enttäuscht.

„Mein Name ist Löber. Ich vertrete ihn heute auf dieser Station", weicht sie aus. „Wir sollen das Aufstehen versuchen. Zuerst möchte ich, dass Sie versuchen, sich hinzusetzen."

Als ich mich im Bett aufrichte, beginnt mein Kopf wieder zu dröhnen.

„So, und jetzt helfe ich Ihnen, die Beine aus dem Bett zu nehmen. Versuchen Sie, das Gleichgewicht zu halten!"

Ich muss mich abstützen, um nicht zur Seite zu fallen.

Schließlich schaffe ich es, auf dem linken Bein zu

stehen, die Krankengymnastin stützt mich und sagt „Super!" Als ich wieder im Bett liege, bin ich ziemlich erschöpft. Die Krankengymnastin bewegt meine Wurst und massiert mir beide Beine. Warum ist Frank nicht gekommen? Ich fühle mich deprimiert.

Mama hat die ganze Zeit zugesehen. „Wir kriegen das hin", sagt sie, streicht mir über die Wange und versucht wieder zuversichtlich zu wirken.

„Ja", antworte ich. Ich bin plötzlich total müde.

Ich suche ein Klo und öffne verschiedene Türen, meine Bettnachbarin sagt mir, ich solle die letzte Tür nehmen. Plötzlich merke ich, dass ich mein Bein nicht bewegen kann. Ich sinke zu Boden und rufe um Hilfe. Niemand kommt. Ich versuche, aufzustehen. Es geht nicht. An der Wand hängt ein Bild. Ich erkenne, dass es Großvater als Kind darstellt. Er trägt kurze Hosen und pflückt Beeren.

„Soll ich auf die Klingel drücken?", fragt meine Bettnachbarin.

„Wieso?"

„Du hast um Hilfe gerufen."

„Ach so. Ich habe geträumt. Und ich muss mal. Ich glaube, dass ich dabei Hilfe brauche."

Eine Schwesternschülerin kommt und bringt einen fahrbaren Klostuhl. Sie hilft mir aus dem Bett. Es geht erstaunlich gut, aber es ist ziemlich peinlich, vor der Bettnachbarin zu pinkeln, erst kann ich gar nicht. Die Schülerin kommt zu früh wieder.

„Kannst du mich nicht mit dem Stuhl ins Badezimmer fahren?"

„O.k., wenn es sein muss."
Ich bin verdammt hilflos. Im Badezimmer kommen
mir die Tränen. Die Schülerin könnte auch etwas
netter sein. Als sie später merkt, dass ich geweint
habe, entschuldigt sie sich: „Verzeih mir, dass ich
so grob war, nebenan hat mich ein Typ ziemlich
blöd angemacht, und da war ich noch wütend, als
ich zu dir kam. Ich glaube, ich könnte auch nicht
pinkeln, wenn mir jemand zusieht."
„Ist schon o.k.", antworte ich „es ist bestimmt auch
nicht leicht, in dieser Krankenhausatmosphäre zu
allen freundlich zu sein. Wenigstens bist du nicht
so künstlich wie der Doc."
Seit diesem Gespräch kommt sie öfter zu mir rein,
sie heißt Tamara und ist eigentlich ganz nett.

Mit meiner Wurst geht es etwas voran. Wenn ich
mich konzentriere und mir bestimmte Bewegungen
ganz genau vorstelle, kann ich sie ein wenig
bewegen. „Großvater, du hast gesagt, dass ich
wieder gehe, mit einem Lächeln auf den Lippen,
ich glaube, wenn ich mir vorstelle, dass du mir
hilfst, wird es wieder klappen!"

Zwei Tage später kommt Frank, er sieht blass aus.
„Hi, wo warst du denn gestern und vorgestern?"
„Ich war krank, und wie geht`s dir?"
„Mein Großvater und du, ihr könnt mir wieder das
Laufen beibringen. Ich will, dass diese Wurst
wieder mein Bein wird. Gestern bin ich schon
aufgestanden. Glaubst du eigentlich, dass mein
Großvater noch da ist, glaubst du an ein Leben
nach dem Tod?"

Anstatt zu antworten, beginnt er mit heiserer
Stimme zu singen und rollt dabei das R Furcht
erregend:

„Jedoch die Wahrheit ist ein wenig bitter...
Denn das Leben danach sieht anders aus
Kein Harfenklang und keine Engelschwingen
Nur ein Platz, wo deine Leiche faulen wird"

Ich kriege eine Gänsehaut und er fährt fort: „Das
singt Michael Roth, ein ziemlich cooler Typ, seine
Band heißt Eisregen. Vielleicht machen wir uns ja
ständig etwas vor, aber vielleicht hast du ja auch
Recht, ich finde das echt spannend, was du erlebt
hast. Dein Großvater und ich - ich glaube, wir sind
ein starkes Team. Lass uns beginnen!"
Als er mich berührt, bin ich wie elektrisiert. Ich
stehe auf dem linken Bein, und er hält meine
Hände. Ich spüre, wie mein ganzer Körper
innerlich vibriert, fast so, als flösse die Energie aus
seinen Händen direkt in meine Brust.
Am liebsten würde ich mich nach vorne in seine
Arme fallen lassen. Vielleicht würden wir dann
beide umfallen und uns wild auf dem Boden
küssen. Meine Bettnachbarin würde sicher große
Augen machen und auf die Schelle drücken. Dann
käme die Stationsschwester und würde uns
trennen.
„Super", sagt er „das klappt ja ganz gut mit dem
Stehen. Setz dich einen Moment und ich hole den
Rollwagen."
Bei dem Wort „Stehen" denke ich sofort, dass er
vielleicht einen Steifen kriegt, und versuche

unauffällig auf seine blütenweiße
Krankenhaushose zu blicken, aber ich kann nichts
erkennen. Ich sitze mit rotem Kopf auf der
Bettkante und stütze mich mit dem rechten Arm
ab, um nicht das Gleichgewicht zu verlieren.
Beim Gehen im Rollwagen fühle ich mich wie ein
Insekt. Ich sehe bestimmt ganz schön lächerlich
aus. Gelähmt und mit Kopfverband, wie soll Frank
mich da attraktiv finden?

Ich höre einer Band zu, Frank ist der Sänger, die
Musik ist irgendwie düster. Ich will aufstehen und
nach vorne gehen, aber merke plötzlich dass mein
Bein am Boden klebt. Hilfe suchend schaue ich
Frank an, aber er ist mit der Musik beschäftigt.
Meine Mutter sitzt an einem Tisch und sagt: „Ich
habe Großvater sehr geliebt, er war so tiefsinnig."
„Und ich liebe Frank, er ist so echt", antworte ich.
Ich weiß nicht, ob Frank das gehört hat, er blickt zu
mir rüber und beginnt auf der Bühne zu tanzen. Er
bewegt sich so frei. Ich möchte auch tanzen, aber
mein Bein klebt noch am Boden. Mit aller Kraft
versuche ich es vom Boden zu lösen. Ein Stimme
sagt: „Nicht mit Gewalt!" Ich verstehe und lehne
mich zurück.

Da ist er wieder, der Mantel der Geborgenheit, in
dessen weiches Futter ich mich behaglich
einkuscheln kann. Ich fühle mich zuversichtlich, als
ich aufwache.

Heute ist meine Psychiaterin gekommen. Sie lächelt
und sagt, dass sie sich sehr freue, meine wachen

Blicke zu sehen. Zum Glück ist meine
Bettnachbarin zu einer Untersuchung gefahren
worden und wir sind alleine im Zimmer. Ich
erzähle ihr von Großvater und von meinem letzten
Traum. Sie will wissen, wer Frank ist, und ich
erzähle ihr von ihm.

„Sind Sie eigentlich verheiratet?", frage ich sie.

„Nein." Sie wirkt ein wenig bedrückt und versucht,
ihre Gefühle durch ein Lächeln zu überspielen.

„Warum versuchen fast alle, irgendwelche
Klischees zu leben?", frage ich.

„Wie meinst du das?", weicht sie aus.

„Ärzte versuchen oft, besonders jovial zu wirken,
sie lächeln, wenn sie eigentlich bedrückt sind, sie
kommen mit gespielter Heiterkeit ins Zimmer,
reden etwas zu laut oder wollen sicherer
erscheinen, als sie sind, andere – manche
Krankenschwestern zum Beispiel - wirken immer
beschäftigt und so, als ob sie genau wüssten, wo es
lang geht."

„Du beobachtest gut", sagt sie „vielleicht kann man
im Krankenhausbetrieb nicht immer seine
wirklichen Gefühle offenbaren."

„Ist das nicht total anstrengend?"

„Manchmal ja, aber kannst du immer deine echten
Gefühle zeigen?"

„Ich weiß nicht, oft weiß ich gar nicht, was ich zum
Ausdruck bringen soll, ich will nicht klischeehaft
fühlen und reden, aber wie finde ich Worte für
meine echten Gefühle: Für die Wurst, die einmal
mein Bein war, für meinen Großvater, der eine
unheimliche Geborgenheit ausstrahlt oder für
Frank, der so ein düsteres Lied gesungen hat? Ich

glaube, ich möchte malen. Als erstes will ich meinen Großvater malen."

„Das ist eine tolle Idee", sagt sie und wirkt wirklich begeistert. Manchmal glaube ich, dass sie mich versteht, dann wieder wirkt sie gefangen in ihrem Job. Ihr Piepser geht und sie muss gehen. Der Händedruck zum Abschied wirkt fast zärtlich.

Der gekünstelte Arzt eröffnet mir, dass ich bald zur Reha soll. Dort soll ich lernen, wieder zu laufen. Bei Frank könnte ich viel besser laufen lernen, was soll ich in der Reha?

„Muss ich da hin?", frage ich.

„Ihr Zustand hat sich nach der Operation in den letzten Tagen ganz erfreulich entwickelt, die Wundheilung schreitet gut voran, Sie können in gut einer Woche aus dem Krankenhaus entlassen werden, aber Sie können dann in einer Anschlussheilbehandlung lernen, wie Sie mit Ihrem geschwächten Bein zurecht kommen."

„Bleibt das Bein gelähmt?"

„Das können wir noch nicht sagen. Der Physiotherapeut sagt, Sie machen ganz gute Fortschritte. Ich schicke Ihnen die Sozialarbeiterin, die bespricht mit Ihnen die Anschlussheilbehandlung. Was macht Ihr Kopf?"

„Der ist wie ein Spagettiknoten angefüllt mit all den Themen, die Sie gerade auf einmal angeschnitten haben", hätte ich am liebsten gesagt, wenn es mir schnell genug eingefallen wäre, aber ich fühle mich blockiert und antworte: „Es geht."

Er ruft eine Schwester und sie wechseln den Verband. Es riecht nach Salben und

Desinfektionsmitteln und ziept noch ziemlich, aber die ersten Verbandswechsel waren viel schlimmer. „Das sieht gut aus", sagt der Arzt. Er leuchtet mir noch mit einer Taschenlampe in die Augen und ich muss mit den Fingern auf die Nasenspitze zeigen.

Mein Vater beklopft mich mit dem Reflexhammer und sagt: „Wir wollen deinem Bein wieder Beine machen!" Frank beobachtet uns. „Alles zu seiner Zeit", sagt er und ich gebe ihm Recht. Mein Vater ist beleidigt und beginnt mit einem Arzt über mein Bein zu sprechen. Der Arzt zeigt ihm verschieden Prothesen, die er mit einem Schraubenzieher umständlich von Schaufensterpuppen abmontiert, und ich rufe: „Die sehen hässlich aus. Ich will nicht zur Reha, ich will zu Frank!" Plötzlich steigt Frank in schwarzer Lederkleidung auf ein Motorrad und fährt auf dem Motorrad über den Krankhausflur, eine alte Frau droht ihm mit dem Stock. „Du ungezogener Bengel!", ruft sie ihm nach. Er fährt unbeirrt im Treppenhaus die Stufen hinunter, es wirkt leicht und gekonnt, selbst in den Kurven hat er das schwere Motorrad im Griff. Ich bin ihm nachgelaufen und bleibe außer Atem an den Treppenstufen stehen, ich komme nicht weiter. Er fährt davon. Hinten auf seinem Motorrad sitzt ein Mädchen und kuschelt sich an seinen Rücken. Er hat eine Freundin. Ich weine.

Wir üben wieder mit dem Rollwagen.
„Du hast die Wurst schon recht gut bewegt!", sagt Frank strahlend „du wirst wieder laufen lernen. Wir versuchen es morgen mal mit Musik und dann

stellst du dir vor, dass du dein rechtes Bein mit der Musik bewegst, vielleicht geht es dann noch besser. Hast du einen Discman und ein paar CDs?"

„Ja, ich hab ihn schon hier."

„Such eine Musik aus, nach der du tanzen könntest, aber nicht zu schnell. Dein Verband ist jetzt klein genug, da kannst du einen Kopfhörer aufsetzen, oder tut es noch sehr weh?"

„Nö, es geht schon. Kannst du mir Musik empfehlen?"

„Ich weiß nicht, ich höre meist Gothic und Death Metall, ich glaube das ist nicht so geeignet, es soll etwas sein, das dir gefällt."

„Machst du auch selber Musik?", frage ich ihn.

„Ja, wir haben eine Band, ich schreibe manche Lieder und spiele Schlagzeug, manchmal singe ich auch. Morgen haben wir einen Auftritt, da spielen wir zwei Lieder von mir, ich bin total gespannt, schade, dass du nicht kommen kannst."

„Wow, singst du mir eines von deinen Liedern vor?"

„Das kann ich hier im Krankenhaus nicht, aber wenn du entlassen wirst, kannst du ja mal zu unserer Probe kommen."

„Ich soll noch zur Reha, habe aber gar keinen Bock."

„Reha ist gut, danach wirst du viel besser laufen, und sie besprechen auch mit dir, wie du dir helfen kannst, wenn noch nicht alles mit deinem Bein wieder in Ordnung ist."

„Ich glaube, so gut wie du kann mir keiner helfen."

„Wow, danke, aber du solltest trotzdem zur Reha gehen, ich muss jetzt los, bis morgen!" Als er davon geht, wirken seine Schritte wie ein geheimer, nur für mich sichtbarer Tanz.

Mama hat mir Bleistifte und einen Malblock mitgebracht, sie ist echt lieb zu mir. Manchmal wirkt sie wie ein wandelndes schlechtes Gewissen, fast so, als ob sie an meiner Krankheit die Schuld trüge. Papa erkundigt sich ausführlich nach der geplanten Reha, er will mit der Sozialarbeiterin sprechen, ich glaube er hat schon eine Klinik für mich ins Auge gefasst. Durch seine Lesebrille hat er einen „Ich glaube, ich nehme das am besten selber in die Hand"-Blick, der Entschlossenheit vermittelt, aber sich zugleich ein wenig von mir abwendet. Mama hat mir erzählt, dass Papa erst meine Psychiaterin verklagen wollte, weil sie seiner Meinung nach die Gehirnblutung hätte erkennen müssen. Ich war ganz schön geschockt. Es kommt mit vor, als ob die Menschen der Tat immer auf den Menschen der Zärtlichkeit herumtrampelten.
„Papa, stimmt das, dass du meine Psychiaterin verklagen wolltest?"
„Ich halte sie für ziemlich unerfahren, sie hätte, als du damals in der Psychiatrie warst, mehr Untersuchungen veranlassen müssen und dich nicht so schnell entlassen dürfen. Aber der Chef sagte mir, du habest selber auf der Entlassung bestanden, und sie wäre deiner Entscheidung gefolgt. Ich finde, sie hätte dir deutlicher klarmachen müssen, dass noch weitere Untersuchungen nötig sind, du konntest das nicht wissen. Hat sie überhaupt versucht, dich zum Bleiben zu überreden?"

„Ich weiß nicht mehr genau, aber ihr habt mich in
die Psychiatrie geschickt. Ich glaube, ihr dachtet,
ich nähme Drogen. Sie hat mir geglaubt, ich habe
seit langem keine Drogen mehr genommen. Sie hat
mich besser verstanden als ihr. Meine Träume sind
mir total wichtig und das hat nichts mit meiner
Gehirnblutung zu tun. Im Gegenteil, kurz bevor ich
krank wurde, hatte ich einen Traum, den hätte ich
noch ernster nehmen müssen, dann wäre ich
vielleicht vor dem Koma ins Krankenhaus
gekommen. Ich will nicht, dass du sie verklagst."
Ich wundere mich über meine eigene
Entschlossenheit. Mein Vater wirkt ein wenig
beleidigt. „Papa", sage ich beschwichtigend „ich
weiß, dass du mir helfen willst, aber ich kann nicht
mein Leben lang in deinen Bahnen kreisen. Ich
glaube, tief im Innersten wärest du auch
unzufrieden, wenn ich zu deinem Anhängsel
würde. Ich werde ein Stern sein und kein Satellit."
Ich könnte zugleich lächeln und weinen. Papa
zögert und beginnt dann – etwas gekünstelt – zu
lächeln. Ich würde ihn am liebsten umarmen, aber
er ist zu weit weg. Menschen der Tat werden
vielleicht zu selten umarmt, weil sie im
entscheidenden Moment die Signale der anderen
nicht wahrnehmen. Ich fühle mich plötzlich in
seiner Gegenwart stark und zuversichtlich.

Ich sitze im Zug. Neben mir sitzt ein
liebenswürdiger junger Mann mit blonden Locken.
Jemand sagt, er sei mein Bruder, ich solle ihn
beschützen, denn er habe seinen Vater verloren. Ich
sage: "Wenn er mein Bruder ist, dann lebt doch

unser Vater noch!" Die Stimme antwortet: „Er hat
seinen Vater verloren und du sollst ihn
beschützen!" Ich nehme seine Hand, sie ist ganz
kalt. Ich erschrecke. Er sieht mich an. „Hab´ keine
Angst", sagt er: „Wir stehen unter einem guten
Stern." Draußen sind hohe Berge mit Häusern an
den unteren Hängen. Es sieht sehr idyllisch aus.
Dann fährt der Zug in einen Tunnel. Mir läuft es
eiskalt den Rücken hinunter. Nach dem Tunnel ist
der junge Mann weg. Ich suche ihn im ganzen Zug.
„Ich konnte ihn nicht beschützen", sage ich traurig
und schuldbewusst. Mein Vater steigt am nächsten
Bahnhof in den Zug ein. „Hast du einen jungen
Mann mit blonden Locken gesehen?" frage ich ihn.
Mein Vater sieht mich verständnislos an. Ich
umarme ihn und sage ihm, dass ich froh bin, dass
er mein Vater ist. „Meine kleine Betty", antwortet
er und seine Stimme klingt ein wenig brüchig.

Ich schreibe am nächsten Tag für meine Eltern eine
Karte, auf der Vorderseite steht:

Wir stehen unter einem guten Stern

Und auf der Rückseite:

Liebe Mama, lieber Papa,

Ich bin so froh, dass ihr mir beisteht, und ich bin
zuversichtlich, dass ich mein Leben – ob mit oder
ob ohne Beinlähmung – meistern werde. Ich werde
bald wieder anfangen zu malen. Ich liebe euch.

Eure Betty

Meine Mama weint gerührt, als sie die Karte liest, und nimmt sie für Papa mit nach Hause. Papa ruft mich abends an und sagt, dass ich mir Zeit nehmen solle, eine Bewerbungsmappe für ein Kunststudium zusammen zu stellen, ich brauchte mir über die finanzielle Unterstützung von seiner Seite keine Gedanken machen, ich solle erstmal wieder auf die Beine kommen. Als er sein Wortspiel bemerkt, stutzt er einen Augenblick.

Ich versuche mit dem Rollwagen zu tanzen, schließe die Augen und sehe Franks schönen Gang vor mir, aber ich fühle mich immer noch unbeholfen.
„Nicht schlecht, fürs Erste", sagt er.
„Wirklich?", frage ich ungläubig.
„Na ja, mit einem gelähmten Bein kann man nicht sofort Breakdance machen, aber du machst jeden Tag Fortschritte."
„Sei mal ehrlich, werde ich wieder richtig laufen lernen?"
„Vielleicht überfährt dich oder mich nächste Woche ein Auto, wer kann schon in die Zukunft sehen?"
„Du weichst aus."
„Die Ärzte wollen nicht, dass ich mich zu viel über die Prognosen äußere und ich bin noch in der Probezeit. Ich weiß nicht mal, ob sie das mit dem Rollwagentanz gut heißen würden, aber ich finde, wir sollten in den Behandlungen viel mehr unsere Fantasie einschalten. Du bist nicht wie jeder Patient. Wenn einer mit deiner Krankheit wieder

laufen lernt, dann bist du es. Ich glaube, du hast dich noch nicht richtig in die Musik vertieft."

„Stimmt", sage ich, „ mit dir und dem Rollwagen im Krankenhausflur, das ist irgendwie eine absurde Situation, hier sind wir nicht frei."

„Wo sollen wir denn üben?"

„Über den Wolken", antworte ich lächelnd und sehe ihn verliebt an. Ich werde rot, als er meinen Blick erwidert.

„Wie war eigentlich dein Auftritt?" wechsele ich das Thema.

„Cool", antwortet er „Mein Schlagzeugsolo ist super angekommen. Das letzte Lied habe ich mit Vampirzähnen im Mund gesungen, das Lied war ziemlich krass, manche Mädchen waren glaube ich geschockt und ein paar Typen waren total begeistert."

Am nächsten Tag bringt er eine CD mit einem Lied von Reinhard Mey mit: „Über den Wolken muss die Freiheit wohl grenzenlos sein...."

„Das ist zwar etwas kitschig, aber versuch es doch mal mit diesem Lied. Mein Vater hat es mir einige Monate vor seinem Tod vorgespielt, und seit du gestern über den Wolken üben wolltest, da musste ich immer an dieses Lied denken, es ging mir wie ein Ohrwurm nicht mehr aus dem Sinn und ich musste es dir heute mitbringen."

„Dein Vater ist tot?", frage ich überrascht.

„Ja, er war bei meiner Geburt schon ganz schön alt, vor einem Jahr ist er gestorben. Manchmal glaube ich auch, er wäre noch irgendwie da, und dann wieder stehe ich nachts an seinem dunklen Grab auf einem gespenstischen Friedhof und spüre meine ganze Einsamkeit. Vielleicht bedeutet das erwachsen sein, die ganzen Gottvaterklischees hinter sich zu lassen und zu wissen, dass man allein dem Zufall und dem Schicksal ausgeliefert ist und dass der eigene Vater auf dem Friedhof verwest."

Mir läuft es eiskalt den Rücken hinunter und ich begegne seinem stechenden Blick.

„Vermisst du deinen Vater sehr?", frage ich nach einer Weile.

„Er war sehr lieb zu mir. Ich glaube, wenn Männer älter werden, können sie ihre Gefühle Kindern gegenüber viel besser zeigen. Er war zärtlich. Aber mit den Jahren musste ich zusehen, wie er alterte; einmal war er bei unserem Auftritt, und ein besoffener Typ hat ihn angemacht. „Na, Opa, hast du dein Wohnzimmer nicht mehr gefunden?" Ich habe wie angewurzelt da gestanden, als er antwortete: „Ich weiß, ich bin zu alt für diesen Laden, aber du bist noch zu grün hinter den Ohren, um zu wissen, dass man Menschen mit Respekt behandelt." Der Typ hatte einen kurzen Impuls, aggressiv zu werden, aber seine Kumpel hielten ihn zurück.

Ganz zum Schluss lag mein Vater ausgemergelt im Bett und blickte mich liebevoll aus seinen tiefen Augenhöhlen an. Ich habe ihm die Beine massiert."

Wir sagen beide eine Weile lang nichts, dann breche ich die Stille:

„Nun ist er über den Wolken, er hat bestimmt dort meinen Großvater getroffen. Für die beiden alten Herren werde ich mein Bestes geben, wieder zu laufen."

Ich lege die CD in meinen Discman und fühle mich am Rollwagen zum ersten Mal nicht wie ein Insekt.

„Wow", sagt Frank. „Das war großartig!"

„Ich kann deinen Vater sehen, wie er dich als Kind zärtlich umarmt", antworte ich „und mit der Musik und eurer Zärtlichkeit habe ich mein Bein wieder ein wenig als Bein gespürt."

Er legt seinen Arm um mich, und ich werde ganz verlegen. In diesem Augenblick kommt der gekünstelte Arzt den Stationsflur entlang und wirft Frank einen strafenden Blick zu.

„Tag, Herr Doktor", sagt Frank geistesgegenwärtig „haben Sie schon gesehen, welche Fortschritte Betty macht?"

Ohne Discman und unter den Augen des Arztes fühle ich, wie meine Wurst meinen Gang verunstaltet. „Ich bin jetzt müde", sage ich.

„Überanstrengen Sie sich nicht", antwortet der Arzt und geht weiter. Er hat alles kaputt gemacht.

Ich versuche zu zeichnen. Womit soll ich beginnen? Großvater droht mir irgendwie zu entgleiten, ich blicke auf das Foto, versuche mich zu erinnern, wie ich ihm begegnet bin, aber das Bild ist ein wenig unscharf geworden. Ich zeichne zuerst den Großvater vom Foto, aber das macht alles nur noch schlimmer. Ich kann hier im Krankenhaus nicht zeichnen. Gedankenverloren skizziere ich eine Pfeife und male immer mehr Qualm, bis das ganze Blatt eingeräuchert ist. Die schwarzen Qualmwolken wirken so düster, dass ich erschrecke.

Auf ein weiteres Blatt zeichne ich eine dicke Wurst und dann eine Hand mit einem Messer, die ansetzt, um in die Wurst zu schneiden, das Messer hat grobe Zacken; da fehlt nur noch die Gabel, die die Wurst festhält.

Die Entlassung in die Reha rückt näher. Einerseits bin ich froh, aus dieser Krankenhausatmosphäre, wo ständig jemand mit irgendwelchen Verrichtungen in meinem Zimmer beschäftigt ist, befreit zu werden, aber dann wird mir Frank entsetzlich fehlen.
Er gibt mir seine Telefonnummer. Ich hoffe das „Wir-bleiben-in-Verbindung" ist Ernst gemeint.
„Ich werde dich vermissen", sage ich.
„Ich dich auch", antwortet er.
Unser Händedruck ist lang und warm. Ich möchte ihn nie mehr loslassen.
„Die CD kannst du mir nach der Reha zurückgeben, und dann kommst du auch zu unserer Probe, aber sei nicht geschockt von der Musik, sie ist nicht jedermanns Sache."
„Wenn mir die Musik nicht gefällt, werde ich euch malen, und wenn sie mir gefällt, dann auch", antworte ich.
Mir wird plötzlich klar, dass ich ihm gar keine Telefonnummer geben kann, ich habe ja gar keine Bude mehr. Freds Kumpel müsste bereits zurückgekommen sein. Ob Fred und meine Eltern schon meine Sachen ausgeräumt haben? Bei ihnen möchte ich aber nicht wohnen. Ich brauche eine eigene Bude – behindertengerecht und mit Platz zum Malen.

Ich male „mit dem großen Pinsel der Nacht" auf einer Wand, ich male zwei Totenköpfe und Frank fragt: „Sind das mein Vater und dein Großvater?" Mein Vater sagt: „Nun hör doch endlich mit diesem Unsinn auf!" Er sieht auf die Uhr: „Es ist höchste Zeit." Ein schwarzer BMW fährt vor, mein Vater und Frank steigen ein. Ich winke aus dem Fenster und sehe, wie der BMW geradewegs auf einen Fluss zu fährt. „Passt auf", rufe ich, aber das nützt nichts. Dann sind wir alle im BMW, und das Auto versinkt langsam aber stetig im Fluss. Draußen schwimmt ein Fisch vorbei. Das Wasser läuft ins Innere, bis wir ganz vom Wasser umgeben sind. Ich kurbele das Fenster herunter, möchte die anderen auffordern, das gleiche zu tun, aber unter Wasser kann ich nicht mehr sprechen. Luftblasen steigen auf. Wir schlängeln uns aus den Fenstern und versuchen zur Wasseroberfläche zu schwimmen. Ich kann nur mit dem linken Bein Schwimmbewegungen machen, aber erreiche die Oberfläche, ohne außer Atem zu sein. Ich suche die anderen. Frank taucht auf und holt tief Luft. Mein Vater ist weg. Wir tauchen, um nachzusehen, ob er noch im Auto ist. Dort ist er auch nicht. Dann sehen wir ihn: Er treibt in der Mitte des Flusses und hält sich an einer Planke fest. Ich bin erleichtert. Frank und ich schwimmen ans Ufer, und wir umarmen uns in den nassen Kleidern. Alles wird gut. Wir liegen am Ufer und küssen uns leidenschaftlich. Er streicht mir durch die nassen Haare.

Fred besucht mich erneut. Ich frage ihn, ob sein

Kumpel schon zurück sei und was mit meinen Sachen in der WG geschehen sei. Er wirkt verlegen und sagt, er habe erstmal alles in Kartons gepackt und in den Flur gestellt.

„Ich suche mir eine neue Bude", sage ich, „wahrscheinlich Parterre, damit ich nicht so viele Treppen laufen muss. Ich frage meine Eltern, ob sie die Sachen abholen."

Fred wird immer unsicherer, dann rückt er mit der Sprache heraus.

„Ich wollte es dir schon vor deiner Krankheit sagen: Meine Freundin ist schwanger."

„Seit wann weißt du das?"

„Du weißt doch, dass ich sie an dem einen Abend wieder getroffen habe und wir uns dann direkt wieder verabredet haben. Da hat sie es mir gesagt. Sie ist jetzt schon im 6. Monat. Sie hat es mir erst nicht gesagt, weil ich mit dir zusammen war, und ich konnte dann nicht mit dir darüber reden, du warst so mit deinen Träumen beschäftigt."

„Du wirst also Vater", sage ich, und Fred wundert sich sicher über meine Gelassenheit. „Freust du dich?"

„Ich weiß nicht, manchmal ja und manchmal nein. Ich glaube, ich habe Angst vor der Verantwortung, und ich habe auch noch Gefühle für dich und weiß gar nicht, wie sich alles entwickeln wird. Aber wir werden erstmal zusammen ziehen."

„Fred", sage ich „wir waren uns so nahe und wie schnell sind wir auseinander gedriftet."

Fred sieht mich traurig an.

„Danke, dass du mir keine Vorwürfe machst", sagt er. „Ich muss jetzt gehen."

Er reicht mir die Hand, und wir haben beide Tränen in den Augen. Bald wird er einen Kinderwagen kaufen.

Meine Eltern bringen mich zur Reha. Ich laufe mit dem Rollwagen zu Papas Auto und steige auf einem Bein hüpfend vorne ein. Das komfortable Auto fährt angenehm leise. Wir reden anfangs wenig. Mein Vater erzählt etwas von der Rehaklinik, und mir fällt es schwer zuzuhören. Außerdem weiß ich das meiste schon von der Sozialarbeiterin.

„Kennst du eigentlich noch deinen Onkel Sven?" fragt meine Mama.

„Der Onkel aus Amerika? Ja, ich weiß noch, wie er mich als Kind auf seinen Schultern getragen hat, als ich beim Spaziergang nicht mehr konnte oder wollte. Was ist mit ihm?", frage ich.

„Er kommt uns bald besuchen. Wenn du dann noch in der Reha bist, wird er dich sicher dort auch besuchen."

„Super, ich bin gespannt, ihn wieder zu sehen, ich fand ihn früher ziemlich nett."

Ich irre durch unbekannte Flure. Sie werden immer länger. Meine Beine werden schwach. Ich setze mich in einen Elektrorollstuhl, er fährt ziemlich schnell. Ich weiß nicht wo die Bremsen sind und fahre auf eine Tür zu. Die Tür öffnet sich automatisch, und ich sehe einen riesigen Speisesaal. Dort sitzen Franks Eltern. Der Vater ist sehr alt und gebrechlich, die Mutter wirkt ziemlich unzufrieden. Jemand ruft mir zu, wo die Bremsen für den

Rollstuhl sind, ich probiere es und komme kurz vor Franks Eltern zum Stehen. Der Mutter fällt die Gabel aus der Hand, und sie sagt vorwurfsvoll, ich hätte sie erschreckt. „Entschuldigung", antworte ich „aber ich wusste nicht, wo die Bremsen sind." Es wäre schön, wenn sie weniger vorwurfsvoll wäre, denke ich. Ich weiß nicht, wo ich mein Essen bekomme. Jemand sagt, ich müsse erst drei Formulare ausfüllen, aber ich habe keinen Stift. Ich habe Hunger, aber niemand hilft mir bei den Formularen, ich fühle mich plötzlich sehr einsam.

Ich wache auf, als Monika, die mit mir das Zimmer teilt, mit ihren Krücken durchs Zimmer geht. Tok, tok, tok … Es ist Morgen. Die Sonne scheint durch die gestreiften Vorhänge. Monika hat bei einem Autounfall einen Unterschenkel verloren. Gestern Abend, als sie mir davon erzählte, hat sie unheimlich geweint, sie wisse gar nicht, ob sie als Behinderte noch leben wolle. „Mein Leben war das Tanzen", hat sie gesagt „und jetzt bin ich ein Krüppel und werde fett."
Vom Fettwerden war eigentlich gar nicht viel zu sehen, und ich wusste nicht recht, was ich antworten sollte. So begann ich von mir zu erzählen, und als ich fertig war, sagte sie: „Du bist unheimlich stark, aber was ist, wenn Frank nicht mit dir zusammen sein will, weil du behindert bist?"
„Ich weiß nicht", antwortete ich „vielleicht will er auch aus ganz anderen Gründen nicht mit mir zusammen sein, ich glaube, er denkt nicht so in Klischees." Und dennoch spürte ich bei diesem

Gespräch, dass Monika mich irgendwie herunter ziehen konnte.

Jetzt schlägt sie vor, dass wir zusammen zum Frühstück gehen, sie mit ihren Krücken und ich mit meinem Rollwagen, zwei große Insekten in den nüchtern vornehmen Gängen der Rehaklinik.

„Müssen wir vor dem Frühstück irgendwelche Formulare ausfüllen?", frage ich.

„Nein, wieso?"

„Das habe ich geträumt, es war alles furchtbar umständlich."

Sie lacht und sagt: „Am Aufnahmetag fand ich hier auch alles kompliziert, aber dann wird es eher langweilig, das ist so eine Art Seniorenveranstaltung hier. Jeden Tag Frühstück, Krankengymnastik, so eine doofe Ergotherapie, Mittagessen, Mittagsruhe, Kaffeepause, manchmal Sozialberatung, Gruppengespräche bei der Psychologin oder irgendwelche Untersuchungen, wieder Krankengymnastik oder Prothesentraining, Abendessen, danach ist es abends ziemlich öde hier. Du wirst schon sehen. Heute kriegst du erstmal einen Therapiepass."

Nach dem Frühstück muss ich zur Ärztin, sie ist eigentlich ganz nett und findet es ziemlich spannend, dass ich über den Wolken besser laufen konnte.

„Ich hoffe, wir können hier mit Ihrem netten Physiotherapeuten mithalten", sagt sie.

„Sie bekommen jeden Tag Gehtraining und Massagen und es wäre wichtig, wenn Sie zwischendurch viel selber üben, so lange Sie keine

Kopfschmerzen bekommen." Sie sagt auch, dass ich in der Ergotherapie malen kann, und zur Psychogruppe soll ich gehen, dort ginge es darum, über die neue Situation nachzudenken.

Monika formt aus Ton eine Tänzerin mit einem Bein, als sie fertig ist weint sie. Ich gehe an ihren Tisch und versuche sie zu trösten, aber sie will sich nicht trösten lassen. Ich möchte weiter malen, aber die Skizzen von Großvater, die ich bisher hier fabriziert habe, gefallen mir alle nicht. Ich versuche Franks Vater zu malen, aber auch er gefällt mir nicht. Die Skizzen sind steif und ohne wirklichen Ausdruck; eine Weile kritzele ich frustriert herum; ob ich hier überhaupt malen kann, weiß ich nicht. Vielleicht sollte ich es auch mal mit Ton versuchen: Ich forme wie von selber einen alten Mann, der einen Jungen umarmt. Die Ergotherapie ist eigentlich schon zu Ende, aber ich kann mich nicht lösen. Ich spüre so intensiv die Zärtlichkeit zwischen den beiden, dass meine Hände nicht von dem feuchten Ton lassen können, die Figuren werden zu einer großen Quelle der Geborgenheit, ich möchte sie Frank schenken. Die Ergotherapeutin wollte eigentlich bereits den Raum abschließen, aber sie setzt sich neben mich und lächelt.

Ich schreibe Frank einen Brief, dass ich von seinen Eltern geträumt habe und seinen Vater und ihn aus Ton geformt habe und dass ich ihn vermisse. Ob er mir antworten wird?

In der Psychogruppe versucht eine ausdrucksstarke Psychologin immer wieder zu verhindern, dass drei Frauen sich gegenseitig mir ihrem Selbstmitleid runterziehen. Ein sachlich wirkender Patient mit fettigen Haaren versucht, sie zu unterstützen, indem er Sprüche von sich gibt, wie „ich versuche, das Beste aus der Situation zu machen" oder „Unglück ist nicht nur eine Frage der äußeren Umstände, sondern auch eine Frage der eigenen Sichtweise". Er wirkt, als läse er aus einem Buch vor. Irgendwie tut er mir leid. Die eine der drei Frauen sagt ihm, dass er sie an ihren Mann erinnere, und beginnt, von ihrer Ehe zu sprechen. Ihre Ehe hat kaum noch etwas mit Liebe zu tun. Ich sage die ganze Gruppenstunde gar nichts. Am Ende soll jeder kurz sagen, wie es ihm heute in der Gruppe ergangen ist. Ich sage artig: „Ich konnte zu den angesprochenen Themen wenig beitragen, aber es war o.k. zuzuhören." Ehrlicher wäre gewesen: „Und ich dachte schon, meine Mutter wäre unglücklich, aber andere Frauen im gleichen Alter scheinen noch viel frustrierter zu sein. Warum bleiben so viele erwachsene Menschen so kindisch und abhängig? Warum delegieren sie ihre eigene Lebensbewältigung immer mehr an ihre Ehepartner?" In der nächsten Gruppe möchte ich herausfinden, ob die Psychologin verheiratet ist. Ich habe die Fantasie, dass sie geschieden ist.

Die Psychologin ist geschieden.

Mein Onkel besucht mich in der Reha. Ich erkenne in seinem Gesicht Großvaters Züge. Sein etwas

verträumter Ausdruck vereint auf eine fast
magische Weise den Großvater von dem Foto und
den Großvater, den ich gesehen habe. Jetzt weiß
ich, dass ich Großvater werde malen können.
„Du siehst deinem Vater sehr ähnlich und meiner
Mutter überhaupt nicht", sage ich nach einer Weile.
„Erzähl mir bitte etwas von deinem Vater!"
„He had a car accident. Er hat sich und meine
Mutter totgefahren, ich weiß nicht wirklich, wie es
zu dem Unfall gekommen ist, vielleicht war er
unaufmerksam, er war manchmal so zerstreut,
vielleicht war es aber auch etwas anderes, was zu
dem Unfall geführt hat. Erst war ich unglaublich
wütend auf ihn, aber dann ließ die Wut nach. In
seinen Unterlagen haben wir nach seinem Tod ein
Fragment von einem Roman gefunden: Die
Hauptperson war ein Lehrer, er selber wollte erst
Lehrer werden, aber der Krieg und die
Nachkriegszeit kamen dazwischen. Der Lehrer in
dem Roman wollte im 19. Jahrhundert im Wilden
Westen eine auf Güte und Verständnis für die
Kinder basierende Unterrichtsmethode einführen,
aber er wurde als ... hm, wie heißt das noch auf
deutsch?.. als Weichei belächelt, und eine Clique
von halbstarken Grobianen trampelte bei jeder
Gelegenheit auf ihm herum. Die Eltern setzen
durch, dass er entlassen wird. Ein kleiner Junge,
der zu Hause missbraucht wird, vertraut sich ihm
an. Der Lehrer ist hin- und her gerissen, ob er den
Jungen mitnehmen soll ... Hier endet das
Fragment. Ich wollte es früher einmal weiter
schreiben, aber daraus ist nie etwas geworden. Im
wirklichen Leben war mein Vater ein kleiner

Angestellter bei der Stadt, der nicht oft befördert wurde, weil er häufig zu spät kam. Über sein Zuspätkommen haben meine Eltern oft gestritten. Ich glaube, Betty, du und ich, wir haben so einiges von ihm geerbt, wir leben alle drei nicht völlig in der Welt der äußeren Wirklichkeit, sondern manchmal auch in unseren Geschichten, Bildern und Träumen", endet er und sieht mich an.

„Ich habe ihn im Koma gesehen und er war so weise, vielleicht hören die Menschen, die nur in der so genannten Wirklichkeit leben, zu wenig auf die Geschichten und Träume der nachdenklichen Menschen. Nach dem Tod wird mit Sicherheit manch anderes um einiges bedeutsamer als all der Alltagskleinkram und das Geld und die Besitztümer."

„You are absolutely right! Die meisten Menschen reiben sich den ganzen Tag mit Unwesentlichem auf, ob der Rasen gemäht ist und welchen Eindruck sie mit ihrem viel zu großen Auto auf die anderen machen und wie viel Lohnerhöhung sie im nächsten Jahr bekommen und ob ihre Frau die beste Figur hat und schick genug angezogen ist, um andere neidisch zu machen und und und."

„Was ist dir wichtig, Onkel Sven?"

„Well, what is important? Ich möchte Zeit haben für mich und die Kraft, auszusteigen, wenn mein Leben nicht mehr mein Leben ist. Ich habe jahrelang Werbefilme gedreht and I made a lot of money, aber die Arbeit begann mich anzuöden, ich sah es nicht mehr ein, für Dinge zu werben, die eigentlich keiner braucht und den Kindern immer neues sinnloses Spielzeug aufzuschwatzen. All this plastic shit! Ich stieg aus, unser Geldbeutel schrumpfte, es gab ziemlich viel Streit zu Hause, und meine Frau hat sich von mir getrennt, dein Cousin musste jobben, um den Collegeaufenthalt mit zu finanzieren. Ich drehe jetzt Filme, die den Leuten Lust auf eine gesündere Lebensweise machen sollen, aber damit ist bei weitem nicht so viel Geld zu verdienen. Ich arbeite auch langsamer, mehr in meinem Rhythmus und weniger gehetzt und lebe in einer kleinen Holzhütte an einem See. Morgens geht über dem See die Sonne auf, und ein fast mystischer Glanz überzieht für eine kurze Zeit das Wasser, zu dieser Stunde weiß ich immer ganz genau, dass meine Entscheidung richtig war. Wenn du wieder auf dem Damm bist, kannst du mich ja mal in Amerika besuchen."

„Das mache ich auf jeden Fall", antworte ich „vielleicht kann ich an deinem See gut malen. Ich möchte mich mit einer Mappe auf das Kunststudium vorbereiten, aber hier in der Rehaklinik kann ich irgendwie nicht malen." Ich glaube, dass Onkel Sven seine Frau manchmal ziemlich vermisst. Er spricht so rechtfertigend von seinem Glück. Kann man sich das Glück einreden, wenn die Liebe enttäuscht wurde? Es ist, als läge neben seinem Lächeln eine Wunde, und unter der Kruste der Enttäuschung heilt das zartrosafarbige Fleisch nur sehr langsam.

Ich erzähle ihm von Frank und von zeige ihm die Tonfigur. Er ist begeistert: „You are an artist!" Zum Abschied umarme ich ihn.

Jeden Tag warte ich auf Post von Frank. Es kommt

kein Brief.

„So sind die Typen", sagt Monika. Sie wird immer negativer. Manchmal liegt sie auf ihrem Bett und betrachtet ihr Taschenmesser.

Monika liegt in einem Boot und hat sich die Pulsadern aufgeschnitten, Ich ziehe das Boot verzweifelt an Land. Der Boden ist schlammig. Ich bleibe stecken. Monika blutet immer mehr. Mir fällt ein, dass ich den Arm abbinden muss. „Ich will nicht auch noch den Arm verlieren", schreit sie mich an. Wir kämpfen. Meine Hände sind voller Blut. Wir sind an Onkel Svens See. Möwen fliegen schreiend über das Wasser. Monika wird bewusstlos. Ich binde den Arm ab und versuche, sie zur Hütte zu tragen. Sie ist ziemlich schwer. Ein Krankenwagen fährt vor. Der verklemmte Arzt aus dem Krankenhaus steigt aus. „Dann wollen wir mal zur Tat schreiten", sagt er und beginnt, Monika zu behandeln.

„Ich habe Angst um dich", sage ich Monika am nächsten Morgen.
„Wieso?", fragt sie unecht.
„Ich habe Angst, dass du dich umbringen willst."
„Was geht dich das an?", fragt sie abweisend.
„Ich würde dir gerne helfen", antworte ich.
„Du kannst mir das Bein auch nicht zurückgeben."
Sie weint.
„Willst du so negativ aus dem Leben gehen und der Ewigkeit ins Auge sehen?", frage ich. Sie sieht mich schluchzend an.
„Im Jenseits zählt die Weisheit, ich möchte aufrecht

dort angekommen und nicht jammernd."
„Scheiß-Sprüche", giftet sie mich an. „Du redest
ganz schön altklug, du Musterpatientin!"
„Monika, hör auf, dich und alles in deiner
Umgebung immer weiter runter zu ziehen!"

Nach diesem Streit reden wir eine Weile nicht mehr
miteinander, aber ich fühle mich besser in ihrer
Gegenwart. Ich weiß nicht, ob ich der Psychologin
sagen soll, welche Sorgen ich mir um Monika
mache.

Meine Krankengymnastin ist o.k., sie zeigt mir, wie
ich mit einem Stock gehen kann. Sie sagt, wenn ich
weiter solche Fortschritte machen würde, würde
man die Lähmung auf die Dauer kaum noch
bemerken. Wenn ich die Haut mit den Händen
berühre, wird die Wurst langsam wieder zu
meinem Bein.

Endlich kommt ein Brief von Frank. Auf dem
Umschlag ist ein Totenkopf und die Adresse ist mit
ziemlich kritzeliger Schrift geschrieben.

Frank

Liebe Betty,

mit den älteren Frauen kann ich nicht über den
Wolken trainieren, sie bewegen sich langsam im
Wasserbad und klagen viel über ihre Schmerzen.
Du hast fast nie geklagt, du weißt gar nicht, wie gut
es tut, im Krankenhaus mit einem Menschen wie
dir zu arbeiten. Auf dem Rückweg von der Arbeit
gab es heute einen wahnsinnig schönen
Sonnenuntergang, ich hoffe, dass du zur gleichen
Zeit in den Himmel geschaut hast. Du träumst von
meinen Eltern, und ich habe ein Lied geschrieben,
aber ich weiß nicht, ob es dir gefällt, Gothiclieder
sind nicht jedermanns Sache. Meine Band findet
das Lied cool, wir arbeiten noch ein bisschen daran,
denn Text und Gitarren passen noch nicht ganz
zusammen:

Im Jenseits sitzen zwei alte Herren
und lachen entsetzlich über Gott und die Welt,
sie sehen, wie wir an unseren Ketten zerren,
dies Leben hat keiner von uns bestellt.

Im Jenseits sitzen zwei alte Herren,
und manchmal blicken sie voller Liebe herab:
Pärchen umarmen sich, und Kinder plärren,
und Wichtigtuer halten alle auf Trab.

Im Jenseits sitzen zwei alte Herren,
und hier unten, da stehen wir,
wir schauen hinauf zu den alten Herren,
und trinken gedankenlos unser Bier.

Aber vielleicht gibt es im Himmel gar keinen mehr,
und die Herren verwesen im Grab,
wir wünschen uns die Ewigkeit so sehr,
jedoch es zerfiel noch jeder, der starb.

Liebe Grüße und bis bald!
Sei vorsichtig, dass ich dich nicht mit meinen
Vampirzähnen in den Hals beiße – na, das war nur
ein kleiner Scherz, in Wirklichkeit bin ich ganz
zahm.

Frank

P.S. Wir proben jetzt immer dienstags und freitags
abends ab halb neun in der kleinen Lagerhalle in
der Sternenstraße.

Der Brief grinst mich immer noch von meinem voll
gepackten Schreibtisch aus an, ich möchte Bettys
schöne Traumwelten nicht kaputt machen, aber sie
soll mich auch so kennen lernen wie ich bin, es
bringt doch nichts, wenn sich zwei Menschen
ständig etwas vormachen, so viele Typen machen
sich und anderen etwas vor. Ich hasse dieses eitle
Spiel. Es ist Nacht. In den Spätnachrichten haben
sie wieder einen Bombenanschlag gezeigt. Warum

zeigen sie nicht genauso oft röchelnde Krebskranke oder Selbstmörder? Wahrscheinlich wollen die Leute lieber das Feindbild vom bösen Terroristen als den Feind in ihrem Inneren sehen. Vielleicht stecken die Medien auch mit der Rüstungsindustrie unter einer Decke; und bei all diesen furchtbaren Anschlägen, die auf der ganzen Welt auf den Fernsehschirmen zu verfolgen sind, muss die Bevölkerung in den Ländern der Saubermänner doch einsehen, dass die Wehretats unbedingt in Milliardenschritten steigen müssen; und George Bush predigt mit Schlafzimmerblick an der Seite seiner Ehegattin von der Überlegenheit westlicher Werte. Wir ziehen in Frieden mit einer loyalen Frau an unserer Seite unsere Kinder groß, und die bösen Terroristen wollen alles kaputt machen. So einfach ist das. Es kotzt mich an.

Ich verlasse im T-Shirt das Haus, obwohl es schon ziemlich kühl geworden ist. Das Frösteln tut gut. Ziellos laufe ich durch die Straßen und lande wie so oft am Friedhof. Das gusseiserne Tor ist geschlossen und ich klettere über den Zaun. Meine Schritte knirschen auf dem Schotterweg, ab und zu raschelt ein Tier zwischen den Gräbern, manche Grabsteine werden von den Straßenlaternen angestrahlt, und einige der goldenen Buchstaben schimmern in der Nacht. Heute haben bestimmt trauende Witwen die Gräber sorgfältig neu bepflanzt, als ob sie damit den Zerfall der Leichen ihrer Männer beschönigen könnten. Das Grab meines Vaters liegt an einem kleinen Seitenweg, meine Mutter hat es mit den üblichen

Friedhofsranken bepflanzen lassen, es sieht aus wie viele andere Gräber, nur der Spruch auf dem Grabstein ist etwas Besonderes:

Der mächtige Tod ist an mich heran getreten, ich füge mich, gruselnd zwar, aber doch mit der Kraft eines erfüllten Lebens.

Ich sitze alleine auf einem Findling. Mir ist kalt. Ich muss an meine Mutter denken. Ich habe sie lange nicht mehr gesehen. Bei der Beerdigung hat sie geweint, obwohl sie sich schon vor Jahren von meinem Vater getrennt hatte. Wir haben uns umarmt, sie roch so vertraut. Vielleicht hat sie erwartet, dass wir uns nach Vaters Tod wieder näher kommen würden, aber irgendetwas blockiert mich, zu ihr zu gehen. Vielleicht ist es ihr hinter der Fassade der verständnisvollen Mutter versteckter Vorwurf, dass ich mich damals für Vater entschieden habe. Seit Betty schrieb, dass sie von meinen Eltern geträumt hat, geht mir meine Mutter durch den Kopf. Ich will das gar nicht. Sie hat ihr Leben und ich habe meins. Betty rollt mit ihren Träumen so viel auf, sie ist anders, als andere; ich träume meist wirres Zeug, bei ihr sind die Träume so greifbar. Ich werde den Brief abschicken.

Die Wassergymnastikgruppe mit den dicken alten Frauen im Badeanzug schleppt sich dahin, mir fällt heute wenig ein, wie ich sie von der Selbstbespiegelung ihrer schmerzenden Gelenke

ablenken kann. Danach versuche ich einem netten alten Rechtsanwalt nach einer Herzerkrankung vorsichtig wieder auf die Beine zu helfen; obwohl er absolut hinfällig aussieht, glaubt er fest daran, in der nächsten Woche wieder Treppen steigen zu können. Sein Optimismus beeindruckt mich.
Der Assistenzarzt kommt mir mal wieder komisch, er glaubt, er habe die Weisheit mit Löffeln gefressen und verstünde mehr von Physiotherapie als ich. Arroganter Pinsel!
„Du bist heute aber auch nicht gut drauf", spricht mich Schwester Elke an „dir fehlen wohl die jungen Patientinnen!"
„Mich nervt euer Assi-Arzt", antworte ich.
„Der ist immer nach dem Nachtdienst etwas schwierig, besonders heute, wo er einen Rüffel vom Chef bekommen hat, nimm`s nicht so tragisch."
„Bis dann, wie gut dass einer hier immer für Harmonie sorgt!"

Unsere Proben laufen super. Das neue Lied wird fetzig. David, unser Gitarrist, und Tino mit der Bassgitarre spielen optimal zusammen. Ende September haben wir wieder einen Auftritt. Ich werde wieder ein Schlagzeugsolo übernehmen, den Anfang will ich einstudieren und dann den Rest improvisieren.

Dienstagabend steht Betty plötzlich in unserem Probenraum, ich wusste gar nicht, dass sie schon aus der Reha zurück ist. In der rechten Hand hält sie einen dunklen Stock.

„Im Jenseits sitzen zwei alte Herren,
und manchmal blicken sie voller Liebe herab",

singe ich mit krächzender Stimme und verstumme.
Meine Band spielt weiter. David improvisiert auf
der Gitarre und Tino begleitet ihn mit dem Bass.
„Hi, Betty", sage ich und gehe auf sie zu. „Bist du
schon aus der Reha zurück?"
„Ja", antwortet sie „aber lass dich nicht
unterbrechen, ich will eure Probe nicht stören.
Schön dich zu sehen, Frank!"
„Stark, dass du wirklich gekommen bist", sage ich
und lege ihr die Hand auf die Schulter. Sie lächelt
mich an. Beim Lächeln sieht sie aus wie ein Engel,
ich könnte sie umarmen, doch drehe ich mich nach
kurzem Zögern um und gehe zur Bühne zurück.
Wir spielen noch einmal das ganze Stück. Timo
und David werden immer besser.

„Jedoch es zerfiel noch jeder, der starb", die letzten
Worte fallen mir schwer, ich werde leiser, ich habe
plötzlich Angst, Bettys Engelslächeln zu zerstören.
Bei den nächsten Stücken hämmere ich auf dem
Schlagzeug herum, bis mir der Schweiß den
Rücken herunter läuft, für eine Weile schließe ich
die Augen und vergesse Bettys Gegenwart.
Draußen regnet es in Strömen, meine Kumpel
wollen noch einen trinken gehen, ich sage ihnen,
dass ich vielleicht später nachkomme und gehe
erneut auf Betty zu. Sie sitzt auf einer leeren
Bierkiste. Ich halte ihr meine Hände entgegen, um
ihr auf zu helfen. Als sie steht, umarmen wir uns
wie selbstverständlich. Mich durchströmt eine

unglaubliche Wärme, und ich spüre den intensiven Wunsch, sie vor der bösen Welt zu beschützen. Vielleicht hätte sie nicht zu unserer Probe kommen sollen. Ich wage nicht zu fragen, ob ihr unsere Musik gefallen hat.

Im Auto packt sie eine in Zeitungspapier eingewickelte Figur aus: Ein alter Mann umarmt einen Jungen.

„Die habe ich für dich in der Reha geformt", sagt sie mit sanfter Stimme.

Ich halte die Figur vorsichtig in den Händen, um sie nicht zu zerbrechen, und sehe meinen Vater vor mir, Zärtlichkeit und Traurigkeit erfassen mich zugleich, als ich leise: „Danke" antworte. Von unseren nassen Haaren und Kleidern beschlägt die Scheibe. Ich wickele die Figur wieder in das Zeitungspapier ein und lege sie vorsichtig auf die Rückbank.

Wie selbstverständlich küssen wir uns. Am liebsten würde ich sie sofort mit zu mir nach Hause nehmen.

„Wo fahren wir nun hin?", frage ich schließlich.

„Ich weiß nicht", sagt sie. „Ich habe seit Wochen nur Krankenhäuser gesehen, ich möchte irgendwo hin, wo es nicht nach Desinfektionsmitteln riecht. Am liebsten würde ich in den Wald."

Der Regen lässt nach. Ich fahre los. Wir verlassen die Stadt, und ich steuere auf einen kleinen Waldparkplatz zu. Wir sind die einzigen dort. Wir öffnen die Autotüren, es riecht nach feuchtem Waldboden. Sie nimmt meine Hand.

„Ich bin wieder zu Hause", sagt sie. „Komm wir

gehen ein Stück spazieren."

Sie geht neben mir am Stock durch den nächtlichen Wald. Sie hinkt nur noch ein wenig.

„Wow", sage ich „über den Wolken, in der Reha und jetzt im Wald, du läufst super!"

„Du hast mir sehr geholfen", antwortet sie.

Später sprechen wir dann doch über meine Musik. Sie fragt mich, warum die Musik so düster ist.

„Die Welt hat nicht nur helle Seiten", antworte ich „aber vor dem Dunklen scheinen sich die meisten zu fürchten."

„Ich fürchte mich nicht in der Dunkelheit. In der Nacht gelten die Gesetze unserer eigenen Träume. Welchen Grund sollten wir haben, uns vor ihnen zu fürchten?", sagt sie, „eure Lieder sind düster, aber ich glaube nicht, dass deine Träume düster sind, du stellst dich dem Leben, und du bist so voller Zärtlichkeit."

„Meine Träume sind meist ziemlich chaotisch, ich vergesse sie fast immer sofort nach dem Aufwachen."

„Das wird sich bestimmt ändern", antwortet sie „wenn du dir ernsthaft vornimmst, mir deine Träume zu erzählen, wirst du sie behalten."

„Mal sehen", sage ich. Ich fühle mich ihr plötzlich weniger nahe. Ich fahre sie nach Hause, wir küssen uns zum Abschied, aber keiner spricht eine erneute Verabredung an.

Nora lacht entsetzlich: „Sei nicht so naiv!", ruft sie „Die mit dem Engelslachen sind die Schlimmsten!"

„Du musst nicht immer von dir auf andere

schließen", antworte ich wütend: „Dass ich dir nicht vertrauen kann, das weiß ich nun."

„Komm", sagt sie „tu nicht so moralisch!" Sie zieht sich aus. Der Anblick ihrer Brüste erregt mich. Sie dreht sich um. Ich nähere mich ihr von hinten und meine Hand gleitet in ihren Schlüpfer. Plötzlich steht Betty im Raum.

Ich wache erregt auf. Während ich mich berühre, sehe ich Nora und Betty vor mir: Meine Hand in Noras Höschen, und Betty lächelt mich an. Der Höhepunkt kommt sehr schnell und ich liege erschlafft und verwirrt auf meinem Bett. Der Wecker schellt. Ich muss zur Arbeit. Wie soll ich solche Träume Betty erzählen?

Donnerstag fahre ich nach der Arbeit an ihrem Haus vorbei. Ich sitze eine Weile im Auto, ehe ich aussteige. Als ich schelle, ist niemand da. Ich werfe einen Zettel mit meiner Telefonnummer in den Briefkasten: „Liebe Betty, ruf doch mal an, wenn du magst. Frank"
Abends kommt David vorbei, und wir gehen in die Stadt. Ich bin froh, denn ich hasse es, am Telefon zu sitzen und auf einen Anruf zu warten. Am Freitag proben wir wieder. Ich ertappe mich dabei, immer wieder zur Tür zu gucken, ob Betty herein kommt. Aber sie kommt nicht. Ich spiele schlecht und unkonzentriert. Anschließend gehe ich mit der Band in die Kneipe, und wie der Teufel es will, taucht Nora auf. Sie setzt sich an unseren Tisch, ohne auf eine Einladung zu warten, und beginnt mit David ein Gespräch, schielt aber immer wieder

zu mir herüber. Ich tue so, als ob ich es nicht bemerke, aber ich bin ein schlechter Schauspieler.

„Ich gehe nach Hause", sage ich schließlich.

Nora folgt mir nach draußen. „Lass uns noch mal reden, Frank!", sagt sie.

„Ich weiß nicht, ob ich dir noch vertrauen kann", antworte ich „ich brauche Zeit."

Schweigend laufen wir nebeneinander her.

„Wer steht denn da an deinem Auto?", fragt Nora plötzlich spitz.

Ich blicke auf und sehe Betty, wie sie an der Motorhaube lehnt. Nora spürt, wie ich zusammenzucke. „Ach deshalb brauchst du Zeit", sagt sie spöttisch. „Ich verstehe. Und du weißt nicht, ob du mir noch vertrauen kannst", erhebt sie die Stimme.

Ich reiche Betty zur Begrüßung die Hand. Nora ist immer noch da.

„Hallo Betty, hast du auf mich gewartet?"

„Ein bisschen, ich habe dein Auto gesehen und eine Weile vor mich hin geträumt."

„Das ist übrigens Nora und das ist Betty", sage ich unbeholfen.

„Ich wollte sowieso gerade gehen", sagt Nora schnippisch „Tschüss dann", verabschiedet sie sich und gibt mir einen Kuss auf die Wange.

Betty sagt nichts.

„Ich habe übrigens geträumt – von Nora und von dir – es war fast so verwirrend wie die Begegnung gerade", versuche ich die Situation zu retten.

Sie lächelt traurig.

„Mein letzter Freund hat mich verlassen, weil seine Ex von ihm schwanger ist."

„Nora hat mich betrogen, und jetzt will sie wieder zu mir zurück, aber ich habe ihr gesagt, dass ich ihr nicht mehr vertrauen kann. Sollen wir noch irgendwo hin gehen?"

Es ist 11 Uhr nachts, ich frage mich, wie lange Betty an meinem Auto auf mich gewartet hat. Unser Gespräch beginnt schleppend. Sie erzählt mir, dass sie auf der Suche nach einer Bude ist und dass es mit dem Malen noch nicht so klappt, wie sie es sich wünscht.

Wir sitzen in einer kleinen verrauchten Kneipe, am liebsten würde ich einen Joint mit ihr rauchen. Ich frage sie, ob sie besser malen könne, wenn sie Gras geraucht habe.

„Ich weiß nicht", sagt sie, „ich glaube nach meiner Gehirnblutung muss ich vorsichtig sein mit Drogen, das hat mir der Arzt bei der Entlassung gesagt."

„Stimmt", antworte ich und fühle mich schlecht, ich hätte das nicht sagen sollen: „Entschuldigung!"

„Ist schon o.k.", antwortet sie: „Du bist ja jetzt nicht mehr mein Therapeut."

Ich träume von meiner Mutter, sie fährt in einem offenen Sportwagen. Neben ihr sitzt ein Mädchen. „Das ist deine Schwester", sagt sie zu mir, „du musst sie beschützen." Ich sehe das Mädchen an. Sie schielt und trägt eine dicke Brille. Ich stehe neben dem Sportwagen und beginne, mit den Händen auf der Kühlerhaube zu trommeln. Ich trommele immer heftiger. Der Sportwagen ist weg und ich sitze in dem Haus, in dem wir wohnten, als

meine Eltern noch zusammen lebten. Ich trommele
auf einer Spielzeugtrommel herum. Meine Hand
tut weh, sie blutet. Ich bin alleine. Meine Eltern
sind nicht zu Hause. Ich suche ein Pflaster und
klettere mit einem Stuhl an den
Badezimmerschrank. Eine Tube fällt aus dem
Badezimmerschrank ins Klo. Ich greife mit der
nicht verletzten Hand in die Kloschüssel und
kriege die Tube zu fassen. Jemand sieht durch das
Badezimmerfenster hinein. Ich habe Angst. Ich
blicke in eine grinsende Fratze.
Ich wache erschreckt auf und kann nicht wieder
einschlafen. Mein Blick fällt im Halbdunkel auf die
beiden sich umarmenden Tonfiguren, die Betty mir
geschenkt hat. Sie strahlen eine unglaubliche
Zuversicht aus. Langsam komme ich zur Ruhe.
Danach träume ich nächtelang gar nichts. Ab und
zu denke ich daran, meine Mutter anzurufen, ich
gehe dann zum Telefon, aber wähle nie ihre
Nummer. Ich weiß eigentlich ganz wenig von ihr.
Hat sie sich nur von Vater getrennt, weil er ihr zu
alt wurde? Oder gab es andere Gründe? Ihren
jetzigen Mann kenne ich kaum. Ob sie glücklich
sind?

Es dauert eine Weile, bis ich Betty wieder treffe.
Sie hat eine kleine Wohnung mit Balkon gefunden
und ist schon eingezogen, ihr Ex-Freund und ihr
Vater haben ihr geholfen.
„In der ersten Nacht in meiner neuen Wohnung
hatte ich einen wunderbaren Traum", beginnt sie
wie selbstverständlich zu erzählen: "Mein
Großvater saß in meinem neuen Sessel, rauchte

Pfeife und sagte: „Du wirst ein wunderbares Bild malen, aber du brauchst die richtigen Farben, Wildwest-Farben, ich würde dir gerne welche kaufen, aber ich bin nicht von dieser Welt." Als ich ihm antworten wollte, saß mein Onkel im Sessel, er hatte eine Kamera in der Hand und filmte. „Ich filme meinen Vater", sagte er. „Zeig mal!", antwortete ich, und er spulte die Kamera zurück. Der Film war leer. „Großvater ist nicht von dieser Welt", sagte ich und er antwortete: „Wir leben in zwei Welten, du musst nur richtig hinschauen, dann siehst du den Film." Ich versuchte etwas zu erkennen und blickte angestrengt auf das Display. Mein Onkel lachte. „Du musst das Display bemalen!", und er reichte mir einen Pinsel. Ich malte ihm mit dem Pinsel einen roten Punkt auf die Nase und wir fingen beide an zu lachen."

Als sie mir von ihrem Traum erzählt, fühle ich mich plötzlich heiter und unbeschwert, ich lecke an meinem Zeigefinger und stupse sie an der Nase. Dann umarmen wir uns. Ich glaube, ich liebe Betty; aber ich fühle mich auch noch zu Nora hingezogen, Nora kann so aufreizend sein, in meinen Fantasien komme ich nicht von ihr los.

Als ich Betty das erste Mal in ihrer neuen Wohnung besuche, sehe ich auf einer niedrigen Staffelei ein wunderbares Bild: Zwei alte Herren sitzen mit einem unbeschreibbar tiefsinnigen Lächeln im Jenseits, unter ihnen liegt die Erde in einem surrealen Licht, ein Pärchen küsst sich innig, die Sonne geht hinter einem bläulich schimmernden Wald unter. Ganz versteckt im Wald dreht sich eine einbeinige Tänzerin.

Auf ihrem Schreibtisch liegt eine Postkarte, auf der zwei kleine lachende Mädchen zu sehen sind. Betty liest sie mir vor:

Liebe Betty,

ich konnte es dir nicht zeigen, aber du hast mir in der Reha unheimlich geholfen. Nächste Woche fange ich mit dem Studium an, ich werde Psychologie studieren. Mit der neuen Prothese kann ich ganz passabel laufen. Ich hoffe, dass es zwischen Frank und dir gefunkt hat. Schreib mir doch mal!

Liebe Grüße Monika.

Irgendetwas hält mich davon ab, mit Betty zu schlafen.